Testo: Loredana Frescura, Marco Tomatis
Redazione e impaginazione: Paola Fabris

www.giunti.it

Via Bolognese 165 – 50139 Firenze – Italia
Piazza Virgilio 4 – 20123 Milano – Italia

Prima edizione: gennaio 2018

MISTO
Carta da fonti gestite
in maniera responsabile
FSC® C115118

Stampato presso Elcograf SpA, stabilimento di Cles

Loredana Frescura Marco Tomatis

Storia di FIORDALISO

GIUNTI

Ai miei figli, ricordando il giorno
in cui mi chiesero perché.
Loredana

A Cinzia, figlia di un partigiano.
Marco

1
Parigi, 16 febbraio 2001

Ester era seduta al sole sul piccolo terrazzo tra i tetti di Butte-aux-Cailles. Guardava le sue rose, un gambo scuro senza foglie in vasi ben allineati lungo il perimetro della ringhiera. Cento vasi di rose. A primavera avrebbero reso il piccolo terrazzo un luogo ricco di colori e di profumi, dove le api avrebbero ronzato e dove lei avrebbe trovato ore di quiete.

Si adagiò meglio sulla sedia a dondolo e cercò il sole obliquo di febbraio per scaldarsi le ossa. Con l'avanzare dell'età era dimagrita e aveva dovuto restringere gonne e camicie. Non le importava quello che indossava, non le era mai importato.

Un ricordo lontano trovò per un attimo un varco: un abitino di organza bianco con le maniche a sbuffo, ma lei fu veloce a cacciarlo via. Era sempre stata veloce a cacciare i ricordi dolorosi. Ma ogni tanto, ora che a settantatré anni l'energia di un tempo se n'era andata, quelli più ardimentosi trovavano meno ostacoli e lei faticava sempre di più a stringerli tra le mani e a soffiarli via.

Era stato suo padre a insegnarle quel trucco; quando i pensieri ti fanno male, prendili tra le mani e stringi stringi stringi fino a soffocarli. Poi apri le tue mani e soffia, soffia forte finché i pensieri non si trasformano in farfalle.

Così Ester era diventata anche un'esperta di farfalle. Tra le sue rose, d'estate vedeva le vanesse e qualche licenide con il tramonto nelle ali. Ogni pensiero cattivo tornava come farfalla.

Il trillo del telefono la infastidì. Sperò si trattasse del telefono del vicino, che lasciava le finestre perennemente aperte per arieggiare gli ambienti dalle sigarette che fumava.

L'orecchio percepì invece che era proprio il suo telefono.

A quell'ora non era solita ricevere telefonate. La sera c'era quella del titolare dell'*épicerie* per sapere cosa le servisse per il giorno dopo. A volte telefonava Miranda, la bibliotecaria, per conoscere il suo parere su un libro che le aveva dato in prestito, e ogni tanto, dalla *pharmacie*, Gustave, il farmacista più giovane, la chiamava, scusandosi mille volte, perché aveva fatto un errore nel registrare una ricetta.

Ester sapeva che Gustave era innamorato. L'amore rende distratti. Almeno i primi tempi, ma lui era un innamorato cronico. Di Marie. Che non lo ricambiava affatto, ma che passava in farmacia almeno due volte al giorno per prendere medicinali e sanitari per sua madre a letto ormai da due anni. E ogni volta che lei si presentava, lui perdeva ogni tipo di cognizione.

Ester sorrise andando verso il telefono. Chissà quale parte della ricetta Gustave aveva dimenticato di registrare?

«*Allô…*»

La sua voce rimase un attimo sospesa. Il silenzio dall'altra parte le sembrò lungo.

«Buongiorno… lei è la signora Ester Zweig?»

Ester allontanò subito il telefono dall'orecchio come avesse ricevuto una scarica elettrica e si appoggiò al piccolo tavolo dove teneva un bellissimo candelabro a sette braccia.

La voce al telefono continuava a parlare con un accento che Ester conosceva bene, perché era il suo ed era quello del suo nemico. Avrebbe voluto riattaccare, premere il tasto rosso del cordless e stringere forte i pugni per soffocare i ricordi che adesso arrivavano come sciami.

Respirò a fondo aiutandosi con la bocca aperta, poi rimise il telefono all'orecchio.

«Con chi parlo?»

«Oh, signora... quanto tempo a cercarla. Carissima signora...»

«Con chi parlo?»

«Sì, mi scusi. Mi chiamo Franz. Franz Meyer. Sono il nipote di Linzie Vogel. La sua maestra di ginnastica era mia zia. Mia nonna mi ha sempre parlato tanto di sua sorella Linzie. Ecco, poco tempo fa abbiamo trovato in una vecchia valigia che mamma ha sempre portato con sé qualcosa di lei. Una busta. Zia Linzie ha scritto sulla busta una cosa: *Alla bambina che portò i fiori a Hitler*. È lei, vero? Io devo consegnargliela. Vorrei tanto che lei mi raccontasse di mia zia. Non le dispiace, vero? Sono a Parigi per pochi giorni. Se lei fosse così gentile...»

Ester sentì il cuore fermarsi per un attimo. Linzie. La sua adorata maestra. Come poteva essere, dopo tutti quegli anni? Tutti i suoi sforzi per cercare di dimenticare, per mettere distanza con il dolore, per annientare i ricordi, erano quindi stati vani. Linzie. Ester sapeva che stavolta dai pugni chiusi non sarebbero uscite farfalle. Ma per ogni cosa c'è un momento in cui il cerchio va chiuso perché da qualche altra parte si apra una strada migliore, almeno per altri. E così scelse un'ultima volta... un'ultima volta in cui parlare in tedesco.

«*Ja, Franz. Kommen Sie, ich warte auf Sie*».

(Sì, Franz. Venga pure, l'aspetto.)

Ester si era pentita. Si aggirava sul terrazzo per cercare il sole mentre quello invece stava scendendo troppo in fretta. Di lì a poco sarebbe arrivata la notte. Avrebbe acceso la luce, alzato la temperatura dei caloriferi, preparato la cena. Una zuppa. Deliziosa. Con il pane croccante di Mario, il panettiere italiano.

Perché aveva permesso che la tranquillità della sua vita venisse interrotta?

Quando il campanello suonò, Ester sollevò la testa, si umettò le labbra e si guardò le mani. Era lei. Era sempre lei. Era viva e poteva parlare. Sorrise e andò ad aprire la porta.

Non se l'aspettava. O forse sì. I geni si trasmettono bene anche ai nipoti. Una maestra Linzie al maschile. Il ragazzo con i jeans e una felpa pesante sembrava più emozionato di lei.

«Signora Zweig...»

«Ester».

«Sì, Ester. Sono Franz. Il nipote di Linzie».

«Sì, me lo avevi detto al telefono. Entra pure».

Era passata al tu. Era normale. Così giovane. Ester, aveva già stabilito che non poteva avere più di vent'anni. A vent'anni si può girare il mondo, ci si può vestire con una felpa, si possono indossare scarpe da ginnastica colorate. Sì, a vent'anni e senza oppressione si può fare quasi tutto.

Aveva preparato il tè, e si diede della sciocca. A un giovane il tè non può piacere. Forse una birra. Una Coca-Cola. O chissà cosa. Ma in frigo, oltre alla bottiglia del latte, non aveva altro. Erano anni che non riceveva in casa nessuno.

Franz stava in piedi davanti a una delle due poltrone del soggiorno. Aspettava che lo invitasse a sedersi. Ester lo capì e le piacque quel rispetto.

«Sì, Franz, sediamoci. Vuoi del tè?»

«Volentieri... volentieri. Ma fra un po', se non le spiace. Lei non sa come sono emozionato...»

La guardava infatti come volesse imprimersi nella mente ogni ruga, ogni movimento, ed Ester, con stupore, non si trovò a provare il minimo imbarazzo. Era una curiosità genuina e schietta. La curiosità di un ragazzo che vuol conoscere una sopravvissuta.

Quando il ragazzo si fu seduto, con delicatezza tirò fuori dallo zaino, che teneva a tracolla, una busta di plastica trasparente nella quale si intravedeva molto bene la busta di carta ingiallita che portava scritto il messaggio di una giovane donna che Ester aveva adorato. Il ragazzo tenne per un attimo l'involucro sulle ginocchia e poi, quasi sorridendo, lo porse a Ester. La mano gli tremava leggermente.

«È per lei, *Fräulein*. Sono onorato di conoscerla. Mi faccia conoscere zia Linzie. Per favore».

«Sarà un lungo viaggio, Franz. E bisogna cominciare dall'inizio».

2
Berlino, 1° agosto 1936, mattino presto

«Ester, dài, tesoro. Non dobbiamo fare tardi. La maestra Linzie si è raccomandata».

La mamma sembrava impazzita. Però sorrideva e ogni tanto baciava papà. Baciava papà e lisciava con la mano il vestito di organza, appeso all'anta dell'armadio, che il sole faceva brillare di un bianco dorato.

Questo sì che mi faceva impazzire. Il mio vestito bianco. Nessuno ne aveva uno uguale, così vaporoso e con le maniche corte che sembravano palloncini.

Brigit mi aveva detto che doveva essere lei a portare i fiori, perché lei era più bella di me e riusciva nei pivot, che io ancora non ero capace di fare. La maestra Linzie l'aveva sentita e le aveva detto di andare a continuare gli esercizi con la palla. Poi mi aveva dato una carezza. A me veniva da piangere, così lei era andata nel corridoio dove c'erano gli armadietti ed era tornata con una caramella di zucchero.

L'avevo abbracciata forte e lei aveva riso e poi aveva detto: «Ester è la più bella del reame! Non prendertela, è un po' d'invidia. Vedrai, le passerà!».

La maestra Linzie ci insegnava ginnastica ritmica ed era la più brava maestra del mondo e dell'universo, e io le volevo bene. Un universo di bene.

«Dài, Ester, per favore, vieni a farti aggiustare i capelli».

Mamma davvero sembrava una cavalletta che saltava dalla cucina alla camera senza sosta.

Papà non sembrava così contento, sembrava sforzarsi di sorridere, ma non capivo perché. In fondo stavamo per partecipare alla parata per le Olimpiadi e sarebbero venuti a prenderci con l'automobile per portarci fino all'Olympiastadion, e io non ero mai stata in automobile.

Brigit invece c'era già stata, così diceva lei, e raccontava che una volta aveva abbassato i finestrini e fatto le facce brutte ai passanti. Io non avrei mai potuto. Mamma mi avrebbe tirato i capelli fino a strapparli.

«Vedrai che le cose si aggiusteranno. Non vedi? Hanno scelto Ester per una cosa così importante. E sanno benissimo chi è, chi siamo. Quindi ti sbagliavi».

La voce di mamma era un sussurro. Poi quella di papà.

«Vorrei tanto fosse così, Anna. Ma purtroppo non credo di sbagliarmi. Vorrei tanto essere in errore. Se siamo ancora qui tra queste mura, lo dobbiamo a te. Sei una tedesca. Una tedesca che ha sposato un ebreo. Ancora tollerabile. E forse sarebbe meglio che tu non l'avessi mai fatto».

«Non bestemmiare, ti prego! Cosa dici? Vedrai! Le cose stanno cambiando. Nostra figlia...»

«Fumo negli occhi, Anna. Come fai a non capirlo? Ci sarà il mondo a guardare oggi. Devono nascondere le brutture. Sarà un battito di ciglia e poi...»

Non capivo bene cosa stessero dicendo. Forse avrebbero litigato. Mamma e papà non avevano mai litigato. Eppure stavano per farlo. Lo sentivo.

Allora mi sembrava di poter sentire molte cose. Come mi sbagliavo! Ma avevo il presentimento che quel giorno sarebbe stato un giorno speciale.

La maestra Linzie aveva detto che dovevamo sentirci onorate di sfilare alla parata per l'apertura delle Olimpiadi e di esibirci davanti a tutto il mondo. Sì, perché ci sarebbero state le telecamere e io me li figuravo come aggeggi che riescono a fare delle fotografie che si muovono. Ma non solo le telecamere tedesche. La maestra Linzie ci aveva detto che ci sarebbero state quelle dell'America e del Giappone e dell'Italia e della Francia, paesi così lontani da Berlino che neppure lo si riesce a immaginare. Aveva detto che quando a Berlino era l'ora di pranzo in America la gente dormiva profondamente. Impressionante. Io sapevo perché. Anche se non avevo neppure nove anni, sapevo perché. Perché la Terra gira. E per me quello era il più bel girotondo che potessi immaginare.

La maestra Linzie ci aveva detto anche che forse per le prossime Olimpiadi la ginnastica ritmica sarebbe stata tra le discipline ammesse e noi avremmo potuto gareggiare. Lo aveva detto con la voce emozionata.

La maestra Linzie viveva per la ginnastica. Quell'anno, in primavera, avevamo vinto le competizioni regionali e poi quelle nazionali di ginnastica ritmica. Sì, Brigit era stata brava, ma più di lei Sandra. Con il nastro aveva fatto figure magnifiche. Era riuscita a disegnare fiori nell'aria e poi uccelli e anche la testa di un drago. Tutti gli applausi erano stati per lei. Io ero la più piccola, ma la maestra Linzie diceva che ognuno ha un valore, ognuno è importante. Peccato che

Brigit non se lo ricordasse quando mi faceva lo sgambetto o mi dava i pizzicotti sulle braccia.

Era stata lei a scegliermi. La mia maestra. La maestra Linzie. Quando il direttore era arrivato in palestra tutto eccitato e aveva posto una domanda che nessuno aveva capito bene, lei aveva risposto subito senza esitazioni e a voce alta: «Ester Zweig!».

Così io, Ester Zweig, oggi, prima della parata, con il mio vestito bianco di organza, davanti al mondo intero, avrei portato un mazzo di fiori al nostro Führer, Adolf Hitler.

3

Berlino, 1° agosto 1936, a due ore dalla parata

Non avevo mai mai mai visto tanta gente. Troppa gente. Mamma mi teneva per mano anche in auto. C'era un autista alla guida, un signore con la divisa scura. Io guardavo dal finestrino. Bandiere e gente. Gente e bandiere. Bandiere alle finestre, sui monumenti, sui palazzi. Papà non sembrava contento, guardava il tappeto sotto i piedi, e a me dispiaceva. Non volevo che papà fosse triste.

«Papà... sei triste perché devo fare la parata?»

Papà sollevò la testa e i suoi occhi erano lucidi.

Papà aveva gli occhi buoni, anche la mamma, ma papà un po' di più. E io avrei tanto voluto avere gli occhi marroni di papà con tutti i puntini di color verde. Invece avevo gli occhi azzurri uguali a quelli di mamma.

Azzurri semplici, senza puntini.

Ora l'azzurro è diventato quasi grigio e a volte penso che siano le lacrime che non sono riuscita a versare. Anche Brigit li aveva azzurri, ma più grandi dei miei. La maestra Linzie invece li aveva proprio blu. Ed erano bellissimi.

A un tratto ho sentito le braccia di papà intorno al mio collo.

«Ma che dici, Ester? Sei bellissima. E sarai bravissima».

«Sì. Proprio. Ho imparato a fare l'inchino. La maestra

Linzie me l'ha fatto provare così tante volte che non posso sbagliare. Vuoi vedere?»

Papà sorrise. Oh, che bello. Quando papà sorrideva gli occhi si allungavano un po' e allora diventava bellissimo. Un attore. Sì, oggi ti potrei dire, Franz, che mio padre somigliava a Bogart. Non stupirti, è la verità. Ero così contenta di vederlo interessato a quello che dovevo fare che misi i piedi a terra e guardai le mie scarpe bianche. Erano nuove anche quelle, come le calze di cotone con i fiocchi. Un piede fermo e l'altro indietro insieme alla gamba. Mi mossi anche se lo spazio era ristretto. L'automobile frenò, non di molto, ma io finii lo stesso tra le braccia di papà che rideva e mi stringeva.

«Oh, la mia stella, eccola qui! Se farai così si divertiranno tutti».

Ridevo anch'io.

«Fatti vedere, Ester, il vestito si è stropicciato?»

Mamma era molto elegante: aveva una gonna verde e una giacca leggera. Aveva pettinato i suoi lunghi capelli in uno chignon. E indossava scarpe nuove anche lei. Scarpe nere che luccicavano al sole. Mi rimisi seduta.

«Siamo quasi arrivati. Stai bene?»

Mamma mi accarezzava le guance e controllava ancora il mio fantastico vestito.

Eravamo quasi arrivati. Di lì a poco la maestra Linzie mi avrebbe dato un mazzo di fiori. Io avevo già memorizzato tutto: con la mano sinistra tenere i fiori, con la destra fare il saluto, con le gambe l'inchino, poi consegnare i fiori e... fine, potevo tornare da mamma e papà, mentre la maestra Linzie avrebbe partecipato alla parata con le altre atlete, anche se non avrebbe gareggiato.

La cosa più difficile era stata imparare a tenere i fiori e fare il saluto con il braccio alzato nello stesso tempo. La maestra Linzie diceva al direttore che non era necessario, che ero una bambina. Ma il direttore aveva ribattuto che non voleva problemi e che il saluto era d'obbligo. Così mi ero impegnata al massimo, ore e ore a provare, e alla fine avevo imparato. Brigit mi guardava e imitava tutti i miei movimenti e alla fine aveva imparato anche lei. Però la maestra Linzie non la guardava neppure. Lei guardava me e mi diceva: «Diventerai una grande atleta, Ester Zweig!»

4
Così portai i fiordalisi a Hitler

Sì. I fiordalisi sono i fiori che rappresentano la Germania. Io non lo sapevo, naturalmente. Il fiordaliso, così modesto e tenero. Sembra un ossimoro, oggi. Ma allora non sapevo tante cose.

Comunque ricordo che era un mazzo non troppo grande: avevano avuto riguardo per le mie mani piccole e la mia statura. Li tenni in mano per ore. Papà si offrì di tenerli al posto mio fino al momento in cui sarei dovuta andare a consegnarli, ma mi rifiutai. Quei fiori erano importanti e mi rendevano importante.

Mi sentivo come una regina. Una piccola regina che aveva un grande potere.

La mamma sorrideva a tutti e si vedeva che era orgogliosa di avere una figlia così importante. Salutava con la mano guantata e abbassava leggermente la testa. I fiori non me li aveva consegnati la mia maestra, ma una signora elegante con la veletta di pizzo sul viso. Eva, si chiamava Eva. Mi disse di non stringere troppo altrimenti si sarebbero sciupati e di ricordare di fare il saluto. Non mi guardò negli occhi, guardò solo le mie mani e poi fu come se io fossi diventata trasparente.

Intanto la gente occupava gli spalti. Le bandiere del Terzo

Reich erano ovunque. Le persone parlavano e cantavano in coro. Io ero concentrata sui fiori.

Eravamo sotto gli spalti, vicino all'uscita di una delle gallerie dell'Olympiastadion, in posizione strategica per poter vedere l'arrivo del Führer. Questo lo ricordo bene: lo spazio davanti a me era un angolo dove delle bandierine a terra segnavano un percorso. L'auto del Führer si sarebbe fermata proprio lì e io sarei dovuta correre verso di lui. Non troppo velocemente, ma nemmeno a passo lento. Anche in questo mi ero esercitata con la mia maestra. Desideravo arrivasse col suo sorriso che aveva sempre il potere di calmarmi e infatti si materializzò con la sua camicia bianca e la gonna fino al polpaccio, bianca pure quella. Mi sembrò un angelo. Mi diede un bacio sulla fronte e mi disse che ero bellissima. Prese la mia mano libera e salutò i miei genitori.

Poi la vidi. E fu una visione che mai avrei dimenticato. Era una donna. Ma non lo era. Avanzava con passo sicuro, testa alta a sfidare la folla che la guardava. Anche la maestra Linzie aveva gli occhi incollati su di lei. Ma lei aveva lo sguardo fisso su un punto indefinito. Vicino a lei, un carrello mobile che la seguiva. Sopra, un apparecchio che più tardi seppi essere una macchina da presa. Un ragazzo guidava lo strano carrello con un'attenzione spasmodica. Lei arrivò con la sua gonna a quadri e la camicia bianca sbottonata fino al seno piccolo che si intravedeva libero, senza reggiseno. Ricordo che mi sentii imbarazzata. Era un abbigliamento che non avevo mai visto.

Improvvisamente si lanciò verso di me con un sorriso.

«Sei la bambina dei fiori, vero? Mi raccomando, segui il percorso assegnato. Diventerai eterna».

La maestra Linzie mi strinse un braccio. Lei sembrò accorgersi del gesto protettivo, così allungò il braccio, mano tesa verso di lei.

«Leni Riefenstahl. Sono qui per riprendere le Olimpiadi. Lei è la madre? Complimenti. Una perfetta bambina ariana».

Linzie le diede la mano, ma non fece in tempo a rispondere. La donna, Leni, si girò per impartire ordini al ragazzo che guidava il carrello.

In quello stesso momento sentii la folla urlare e la maestra Linzie darmi una leggera pacca sulla spalla per segnalare che avrei dovuto avviarmi. Hitler era arrivato.

Lo vidi avanzare, mi concentrai solo su di lui e non sulla gente che aveva attorno e mossi in avanti il piede destro, come Linzie mi aveva insegnato.

Tutto sparì.

Degli attimi successivi, per quanto abbia cercato infinite volte di stabilire l'esatta sequenza delle mie azioni, ho ricordi confusi, brandelli di immagini e di sensazioni.

L'entrata nello stadio e lo spavento provato per il boato di centomila persone che gridavano tutte assieme.

La voglia improvvisa di fare la pipì, nonostante mamma mi avesse praticamente costretto ad andare in bagno almeno dieci volte nel corso della mattinata, l'ultima proprio pochi attimi prima di entrare nello stadio. E tutte le volte la puzza del gabinetto, le acrobazie per non sporcare il vestito, una piccola macchia sulla gonna, il terrore che tutti se ne accorgessero, prima che la mamma mi rassicurasse dicendo che si trattava soltanto di una goccia d'acqua, che addirittura cercò di asciugare alitandoci sopra.

Le gambe rigide, mentre Hitler si avvicinava e io avanzavo verso di lui, e il ricordo delle parole della signora Lagenfeld, la nostra vicina di casa a cui veniva voglia di accarezzare la radio quando trasmetteva i suoi discorsi: "Hitler non si può sposare. Appartiene alla Germania".

Lui davanti a me e la sequenza dei miei gesti memorizzati a fondo.

Di Hitler ricordo la pelle rosea, gli occhi azzurri che si vedevano appena sotto il berretto, un grazie sussurrato mentre prendeva i fiori e mi abbassava il braccio che avevo steso per il saluto. Poi il mio inchino.

E in quel momento la voglia improvvisa di ridere ridere e ridere. La "scemerella", diceva mamma quando prendeva anche lei tanto da farle venire le lacrime agli occhi e il mal di pancia. Perché proprio in quel momento, chinandosi, Hitler scorreggiò. Sentii distintamente il rumore e anche la puzza subito dopo. La voglia di ridere e insieme di urlare come facevamo a scuola quando succedevano cose del genere: "È stato Adolf! È stato Adolf che l'ha fatta!".

Un attimo dopo, il pensiero raggelante di quello che sarebbe successo a me, a papà, a mamma, a Linzie se veramente avessi fatto una cosa del genere lì, davanti a tutto il mondo.

Contemporaneamente, come richiamata da chissà quale abisso della memoria, un'immagine si affacciò alla mia mente. Un disegno appiccicato sulla porta della scuola il giorno in cui la maestra Angela aveva dovuto andarsene perché ebrea. Una mano enorme che trascina via un insegnante da una classe accompagnata da due didascalie: "Via di qui" e "La scuola libera dallo spirito ebraico corrotto".

Infine ancora un pensiero, mentre ormai stavo uscendo dallo stadio. La sorpresa, lo stupore, la meraviglia provati quando Linzie disse a qualcuno, dopo avermi fatto i complimenti e avermi abbracciata, che Hitler era al potere in Germania solo da tre anni. Io pensavo invece che fosse da sempre, che fosse come Dio. Poi mi trovai nell'abbraccio di papà e mamma.

Linzie mi abbracciò elettrizzata. Ma non per la parata.

«Alla prossima Olimpiade, è sicuro! Sarà ammessa la ginnastica ritmica!»

Certo, era quello. Lei viveva per la ginnastica. Non vedeva altro, neppure gli uomini che le giravano intorno. Un giorno avevo sentito mia madre: "Resterà una zitella, la signorina Linzie. È troppo presa dallo sport. Non è un bene per una donna".

Lo aveva detto a mio padre che, seduto sul divano, leggeva il giornale. Non avevo sentito alcuna risposta.

Ma mia madre sbagliava. Il suo cuore invece fu preso, assolutamente e inequivocabilmente per sempre.

«Davvero? Zia Linzie si innamorò? E di chi? Di questo la nonna non mi ha mai parlato. Forse per pudore…»

«Pudore? Ah, che bello sentire questa parola. Il pudore».

5
Il forno e il violino

Sì, l'amore di Linzie. Come tutti gli amori fu frutto di una serie di incontri e coincidenze quasi incredibili e, nello stesso tempo, banali nel loro concatenarsi.

Facevamo allenamento in palestra il pomeriggio tre giorni alla settimana ed era diventata un'abitudine, finito l'allenamento, passare per la panetteria all'angolo della piazza. Panetteria e pasticceria per la verità, anche se gli unici dolci che si potevano trovare erano un ottimo strudel alle mele, dei biscotti altrettanto buoni e, ogni tanto, i krapfen.

Linzie era inflessibile. «Una fetta di strudel o tre biscotti e nient'altro. I krapfen no. Sono fritti. Dovete recuperare energia, ma non bisogna esagerare, altrimenti vi appesantirete, perderete elasticità e non riuscirete più a fare gli esercizi».

I proprietari, i signori Reuband, erano una simpatica coppia non più giovanissima, senza figli. Nei giorni dell'allenamento ci attendevano con amicizia e affetto e, a un certo punto, si misero a predisporre addirittura, in un angolo del negozio, un tavolino con sette sedie, una grande e sei piccole per questioni di spazio, tutto per noi. La signora, a cui era affidato il compito di servire i clienti, ci preparava il tè e spesso si univa a noi anche il marito, che di solito stava nel retro, dove c'era il forno.

Mi piaceva questo nostro piccolo rito, che di solito durava una mezz'oretta. Era una cosa magica e un po' misteriosa, a partire dal momento in cui entravamo nel negozio. L'ingresso, collocato in una specie di androne, era indicato solo da una minuscola insegna di legno in cui si poteva riconoscere, con una certa dose di fantasia, una forma di pane. Scendevi tre gradini, aprivi la porta ed eri accolto da un profumo inconfondibile, mai più sentito in tutta la mia vita, in cui si mescolavano il sentore buono del pane, della legna di faggio che ardeva nel forno sul retro scaldando tutto l'ambiente, della farina, dello strudel e dei biscotti.

Un giorno, era la primavera del 1937, stavamo passando per andare in palestra quando sentimmo provenire da qualche parte nei dintorni della panetteria il suono di un violino.

Più tardi ci trovammo per il tè e chiedemmo incuriosite alla signora Reuband se conosceva l'origine di quella musica. Lei non rispose, limitandosi a scrollare la testa per poi allontanarsi con un'espressione in viso tra il preoccupato e l'arrabbiato. Non sentimmo più per qualche tempo la musica e smettemmo in fretta di pensarci.

Un giorno, un paio di settimane dopo, il nostro strudel non fu portato dalla signora Reuband, che si era assentata con il marito per qualche incombenza. Al suo posto, dal retrobottega comparve una faccia nuova. Un uomo. Giovane, anche se a noi sembrò vecchio come tutti gli adulti. Era alto, con i capelli neri e gli occhi scuri e profondi. Era buffo, con il viso, le mani, il vestito e i capelli ricoperti di farina, che sembrava addirittura sollevarsi a ogni suo passo in piccoli sbuffi. Mi colpirono soprattutto le mani, quando cominciò a tagliare lo strudel. Forti, nonostante fossero affusolate, con lunghe dita e unghie curatissime. Man mano che metteva le fette nel piattino si presentava.

«Julius. Lavoro qui» diceva e ci stringeva la mano.

Servì per ultima Linzie, fissandola intensamente e ripetendo per l'ennesima volta il suo nome. Lei rise.

«Ormai l'abbiamo capito tutte che ti chiami Julius e lavori qui».

La sua risposta fu pronta.

«Come io ho capito che ti chiami Linzie e alleni queste bambine».

Da quel momento non mancò praticamente più di farsi vivo all'ora del nostro tè. Ci piaceva e noi gli eravamo simpatiche. Non diceva mai nulla di sé, limitandosi a un sorriso impacciato quando gli chiedevamo da dove venisse e come era capitato lì. Ugualmente silenziosi e misteriosi, nonostante le nostre domande, furono i Reuband.

Un giorno, Julius ci fece trovare sul tavolo un vassoio di biscotti a forma di ballerina.

«Li ho fatti per voi».

Linzie lo fissò stupita e divertita.

«Perché a forma di ballerina?»

«Non siete una scuola di ballo?»

Ridemmo tutte e la risposta fu un coro.

«No, no, facciamo ginnastica ritmica».

Atteggiò il viso a un'espressione di divertita sorpresa.

«Ginnastica ritmica. E che cos'è?»

Linzie lo spiegò, con molti particolari. Parlò dei nostri esercizi, degli allenamenti, degli strumenti che usavamo, insistendo sulla speranza che alle prossime Olimpiadi anche la nostra specialità sarebbe stata presente e che avrebbe voluto partecipare, magari con noi.

Il giorno dopo Julius ci fece trovare altri biscotti, a forma di una ginnasta che si esibiva con la palla.

Li stavamo mangiando quando mi venne in mente una cosa. «Oggi è il compleanno della maestra Linzie».

Julius la guardò e, quando lei annuì, si batté teatralmente la mano sulla fronte.

«Ah! Se avessi saputo...» Poi mi fece un cenno con il capo. «Ester, vieni con me e aiutami. Sono ancora in tempo per rimediare...»

Lo seguii nel retro. Julius, dopo avermi fatto segno di attendere, si mise a frugare in un cassetto fino a quando mi fece vedere, con aria trionfante, una candela. Si diresse poi verso un tavolo addossato alla parete su cui faceva bella mostra di sé, in un vassoio, un grosso strudel. In qualche modo riuscì a conficcarci la candela. La accese. Prese il vassoio e me lo porse.

«Tienilo, arrivo subito».

Raggiunse il lavandino che si trovava in un angolo e si lavò e asciugò meticolosamente le mani. Poi aprì le ante di un grande armadio e vi prese con delicatezza un oggetto. Capii che si trattava della custodia di un violino quando ne trasse fuori lo strumento. Lo accordò velocemente e si mise dietro di me. Mentre mi stavo chiedendo cosa intendesse fare, sentii la sua voce.

«Quando comincio a suonare entra nel negozio, mettiti accanto a Linzie e fermati lì».

Ubbidii e immediatamente sentii il suono del violino. Mi avviai, superai la porta a battenti ed entrai nel negozio tenendo davanti a me lo strudel con la candela accesa.

Julius continuò a suonare per un tempo che mi parve lunghissimo, la musica che da tranquilla diventava frenetica nel profumo e nel caldo buono del negozio. Non lasciò neppure per un attimo gli occhi di Linzie, mentre io osservavo affascinata i movimenti del braccio che reggeva l'archetto, suadenti ma energici e decisi, e quelli agili e fulminei delle mani e delle sue dita che correvano sulle corde creando cascate su cascate di note.

A un certo punto si interruppe.

«Mi fermo qui. Sono un po' fuori allenamento e soprattutto non vorrei annoiarvi. Il pezzo andrebbe ancora avanti per una decina di minuti».

No, no, avrei voluto dirgli, non ci stai annoiando, non smettere, non rompere questo incanto. Lui però si stava già rivolgendo a Linzie.

«Buon compleanno, Linzie! Soffia sulla candela. Che sia di buon augurio per tutti».

Linzie ubbidì e la candela si spense.

In quel momento rientrarono i proprietari. Ambedue lo fissarono con aria di rimprovero. Le parole della signora Reuband confermarono la mia impressione.

«Non farlo mai più. Non abbiamo bisogno di altri guai».

Lui non rispose. Semplicemente si allontanò e tornò nel retro, il violino in mano.

Uscimmo senza che nessuno spiegasse niente.

Penso che fu proprio in quel momento che tutte noi ci

innamorammo perdutamente di lui. Soprattutto, però, di lui si innamorò Linzie.

Quel giorno, arrivata a casa, durante la cena parlai ininterrottamente di Julius, del violino, del brano che aveva suonato, del violino, del violino e ancora del violino. Avrei voluto conoscere il titolo del pezzo, sapere chi l'aveva composto, era così bello che mi auguravo che l'autore fosse Julius stesso e l'aura di mistero che lo circondava mi incoraggiava a pensarlo. Fu mio padre a risolvere il mistero.

«Ester, prova ad accennarne qualche nota se ci riesci. Magari lo conosco».

Accettai con entusiasmo. Non mi fu nemmeno troppo difficile: avevo orecchio per la musica e con la pratica della ginnastica ero pure migliorata. Ci volle qualche minuto di *ta ta ta* più o meno ritmici da parte mia e di mugugni da parte sua perché il suo viso si illuminasse.

«Credo di aver capito».

Prese un disco dalla sua collezione e lo collocò sul piatto del fonografo. Un attimo dopo le note che avevo sentito nella panetteria dei Reuband risuonarono nel nostro salotto, per quanto frusciate, un po' incerte, non certo nitide come quelle suonate da Julius e con uno strano effetto straniante dovuto all'orchestra che si sentiva in sottofondo. Il pezzo andò avanti per un buon quarto d'ora. Quando finì papà prese il disco e mi fece vedere l'etichetta.

«È *Il trillo del diavolo* di Tartini. Un pezzo molto difficile».

Il titolo del brano aveva fatto venire in mente a papà chi era Julius. Si chiamava Mandelbaum di cognome e fino a poco tempo prima era stato primo violino nell'orchestra della radio di Berlino, oltre ad aver suonato nei Berliner Philharmoniker. Nel 1934 era stato licenziato perché ebreo. Guardai mio padre spaventata.

«E adesso? Dovrà fare il fornaio per sempre?»

Papà sorrise.

«Non credo, penso emigrerà negli Stati Uniti».

Lo guardai a bocca aperta. Lui spiegò.

«È uno dei migliori violinisti europei della sua generazione. Ha un grande numero di richieste ed estimatori in varie parti del mondo. Non ha avuto difficoltà ad avere il visto per gli Stati Uniti anche se di questi tempi è molto difficile ottenerlo».

«E quando partirà?»

«Penso presto. Si dice che abbia ancora bisogno di un solo documento e poi potrà andarsene quando vorrà, senza problemi».

La mia bocca non accennava a chiudersi.

«Documento?»

«Per emigrare negli Stati Uniti occorre, oltre a un sacco di certificati, anche una dichiarazione della polizia tedesca attestante che godi di buona reputazione. È la cosa più difficile da ottenere, almeno per un ebreo».

A questo punto scoppiò in un riso amaro e, per quanto fossi una bambina, colsi anch'io l'assurdità della questione, buffa se non fosse stata tragica. Per emigrare avevi bisogno che lo stesso stato che ti perseguitava offrisse buone referenze su di te. Poi papà mi spiegò il resto della storia di Julius.

«Dopo il licenziamento aveva cominciato a suonare nei locali, ai matrimoni o a qualche festa». La sua voce si fece amareggiata. «Ormai però era segnato come ebreo. Poco per volta nessuno lo chiamò più, per non avere guai con la Gestapo. Allora, per guadagnare qualche soldo si mise a suonare agli angoli delle strade. Un giorno però fu aggredito da un gruppo di nazisti che per poco non gli sfasciarono il violino e, oltre a insultarlo, lo presero a calci e pugni».

Non riuscii a trattenere le lacrime. Per il destino di Julius. Perché ormai avevo capito che con un padre ebreo, per quanto le rassicurazioni sue e di mia madre fossero quotidiane, anche noi eravamo a rischio. Mamma mi abbracciò e quella sera mi addormentai, ancora scossa dagli ultimi singhiozzi del pianto, tra le sue braccia.

Perché Julius fosse finito dai Reuband lo seppi pochi giorni dopo, quando la signora lo spiegò a Linzie e io ero lì a sentire, ignorata e invisibile come tutti i bambini quando gli adulti parlano tra loro.

«Poverino. Non poteva certo continuare a suonare per strada. Lo avrebbero picchiato di nuovo. Aveva anche bisogno di soldi e allora l'abbiamo preso a lavorare con noi. Lo conosciamo da quando era bambino, gli vogliamo bene e un po' conosce il mestiere. Era stato da un fornaio quando era giovane, per pagarsi gli studi». Si interruppe assumendo un'aria guardinga, come se temesse chissà quali conseguenze dalle sue parole. «Però gli abbiamo fatto promettere di non suonare mai qui da noi. I clienti comincerebbero a fare domande e sarebbe pericoloso per tutti. Per fortuna dovrebbe partire abbastanza presto».

Herr Reuband, che era stato in silenzio fino a quel momento, aspettò che Linzie si fosse allontanata, poi si rivolse alla moglie. Parlò sottovoce, ma io sentii ugualmente.

«Non esserne tanto sicura. È una settimana che non va più a controllare se gli hanno rilasciato il documento che gli manca».

Poi accennò con il capo in direzione di Linzie. Sì, ero una bambina, ma quando poco dopo intravidi loro due baciarsi sulla porta della palestra in attesa che noi arrivassimo, capii che quel documento, assolutamente necessario per partire, ammesso che prima o poi glielo avessero dato, rischiava di non essere mai più richiesto.

6
Una storia d'amore, una luce per Linzie

«Sì, l'amore lo è, luce pura. E tu sei innamorato?»

Lo chiedo d'istinto e mi pento di averlo chiesto mentre sto ancora parlando.

Lui sembra accorgersi del mio imbarazzo e ride. Testa all'indietro e labbra socchiuse. Ah, che bellezza. Una risata vera. Un vento di gaiezza. Come vorrei poterlo avere ancora. Una volta ancora.

«Non so bene *Fraülein*... ancora non so. C'è un'amica che... insomma, mi piace molto. Per ora ci frequentiamo. Siamo amici. Direi più che amici, ma ancora non è successo nulla. Mi capisce...»

Questa intimità non richiesta quasi mi sconvolge. Non sono più abituata alle confidenze. Non sono più abituata al pudore di un'anima che si affida, anche se solo per un battito di ciglia. Quanto mi manca Hernest... Dio mio, che cosa terribile questa mia vita. Per un attimo mi sento aggredita. Aggredita dalla normalità di una conversazione normale tra due esseri umani che si fidano l'uno dell'altro. Questo era Hernest per me. Questo e il mondo intero. Senza di lui l'unico rifugio che ho trovato è questa casa tra i tetti di Parigi. Anche Linzie è stata il mio rifugio. Il mio più importante filo per annodare la mia anima al mondo.

Linzie era davvero innamorata e noi bambine, tranne Brigit che aveva sempre un broncio scuro, ne eravamo contente.

Dopo qualche mese trovai quel giornale. Era nascosto tra i vinili che mio padre conservava gelosamente e che a volte andavo a guardare per ritrovare quel "trillo del diavolo" che mi aveva incantata. Il giornale era lì e subito pensai che fosse un posto strano per un giornale. Da parecchio tempo non vedevo giornali in casa, ma certo non me ne chiedevo il motivo. Avevo nove anni. Vivevo un'infanzia non facile, ma ancora felice.

Quando l'immagine nella prima pagina arrivò al mio cervello, lo feci cadere a terra. Il *Der Stürmer*, il giornale che imperversava in tutta la Germania, *L'assaltatore*.

I miei genitori non lo avevano mai comprato, ma lo si vedeva ovunque. In ogni negozio, agli angoli delle strade, nei bar. Avevano anche moltiplicato i distributori perché non ci fossero spazi troppo vasti che ne fossero privi. Sulla prima pagina c'era quella vignetta. Una cosa terrificante che divenne l'incubo delle mie notti per moltissimo tempo finché un terrore maggiore non la sostituì. C'erano uomini che uccidevano bambini sgozzandoli sopra delle grandi pietre. La didascalia era chiara. Gli uomini erano gli ebrei che uccidevano i bambini ariani come rito per il loro Dio.

«No! È agghiacciante!»

«Oh, sì. Ma vedi, Franz, io non ho più aggettivi, a volte non ho più neppure nomi per definire, per sorprendermi, per scandalizzarmi. Perdonami».

«Ma che dice, Ester! Io perdonarla? Io...»

«Non cercare parole. So che ne avresti, ed è bene che tu le usi. Le usi con tutte le tue forze, ma non qui, non con me».

Trovai quel giornale e quel giorno successe tutto. Finì la mia infanzia quasi felice. Finì tutto, in un certo senso.

Papà arrivò dalla sua camera. Non lavorava più già da qualche settimana, ma io ancora non me ne ero resa conto. Mio padre aveva sempre lavorato come operaio e tuttofare allo Staatsoper Unter den Linden, uno dei più antichi teatri di Berlino. Un lavoro che gli piaceva e che lo teneva vicino a una delle sue passioni: la musica. Lavorava dal pomeriggio alla notte, quando c'erano spettacoli. Andava nel quartiere di Mitte in bicicletta, come tanti. Fu uno degli ultimi ebrei a essere licenziati, perché il direttore del teatro lo stimava e, come disse mio padre, cercava in tutti i modi di rinviare l'inevitabile, sperando forse in un miracolo che non arrivò mai.

Mio padre vide il giornale a terra e, senza raccoglierlo, mise le sue mani sui miei occhi. Poi mi abbracciò stringendomi forte fino a farmi divincolare perché il fiato mi mancava. Mi diede un bacio sui capelli e mi disse: «Sarebbe stato meglio non avessi ancora imparato a leggere».

Quella frase mi costrinse a guardare ancora la didascalia. Forse potevo aver sbagliato a leggere, a capire il significato. Non poteva essere che così. Gli ebrei che uccidevano i bambini ariani. Mio padre non aveva ucciso nessuno. Mio padre era buono e generoso e mi amava. Come potevano scrivere quelle cose? E poi perché? Rilessi decine di volte la didascalia, ma l'orrore rimase. Non capivo, ma avrei dovuto farlo in fretta.

Quando mamma arrivò con il pane e il cavolo nella sporta della spesa, rimase sulla soglia a guardarci. Un papà che tiene una figlia tra le braccia e ascolta con lei la musica di un'orchestra da un disco dovrebbe far nascere un sorriso, un sorriso di tenerezza. Invece mamma non sorrise. Capì anche lei che era la fine e forse quasi la desiderava.

Quella sera mio padre convinse mamma a chiedere il divorzio. Non fu difficile. Io li sentivo parlare dalla mia camera e le voci erano sommesse ma chiare. Mamma non ce la faceva più. I suoi parenti e i suoi amici avevano cominciato a emarginarla perché moglie di un ebreo. Anche se tedesco, mio padre era ebreo. Mio padre le spiegava che l'unico modo per salvare se stessa e me era il divorzio. Era cosa normale in quegli anni. La legge sul divorzio era stata modificata. Un uomo ariano poteva divorziare dalla moglie ebrea perché "razzialmente indesiderabile". Così poteva farlo anche una donna ariana, come mia madre. Mio padre era un indesiderabile, un fungo velenoso. Così definivano gli ebrei. Funghi velenosi. *Der Giftpilz*.

Io piangevo, mordevo il cuscino e le coperte. Piangevo e volevo urlare. Papà sarebbe dovuto andare via. Non lo avrei visto al ritorno da scuola, non sarei andata con lui al parco a guardare le anatre scivolare sull'acqua del laghetto, non mi avrebbe dato il bacio della buonanotte.

Mia madre protestava debolmente e rimproverò mio padre di non aver studiato a memoria il *Mein Kampf*, il testo scritto da Hitler, come era stato richiesto. Papà disse che quell'obbligo era per gli insegnanti tedeschi che volevano continuare a lavorare. Lo disse con la voce spenta, vuota, come se non stesse parlando di sé, ma di qualcun altro che aveva avuto una triste sorte. E poi sottovoce cominciò a parlare in una specie di litania.

«*Ogni tanto le riviste riportano delle notizie al piccolo borghese tedesco: un negro o qualcosa del genere è diventato avvocato, professore, pastore o qualcosa del genere in un posto o in un altro. Mentre la stupida borghesia accoglie la notizia con sorpresa per un così stupefacente avvenimento... l'ebreo astutamente si serve di questo per convalidare la teoria da inculcarsi ai popoli in merito all'eguaglianza degli uomini. La nostra società borghese e decadente non si accorge che in questo modo si commette un vero peccato contro la ragione; che è una vera pazzia quella di istruire una mezza scimmia perché si pensi di aver preparato un avvocato mentre milioni di membri della eccelsa razza civile devono rimanere in posti pubblici e miseri.* Per quello che può servire, queste follie le conosco anch'io».

La sua voce non sembrava più la stessa. Questo mi riempì di disperazione, molto più del fatto del divorzio.

Sapevo cosa significasse divorziare perché alcune delle mie compagne avevano avuto la stessa sorte: genitori separati perché eugeneticamente incompatibili. "Eugeneticamente": suonava come una parola misteriosa. Qualcosa che avesse a che fare con cose di te che nessuno conosceva.

Mia madre, probabilmente senza convinzione ma per convenienza, aveva già da tempo abbandonato papà. Chi avrebbe potuto giudicarla? Io. Io sì. Io la odiai. Non mio padre.

Poi mio padre pronunciò un'altra frase terribile.

«Devi chiedere l'iscrizione di Ester alla *Jungmädelbund*, per salvarla».

La sorella di Brigit faceva parte della *Jungmädelbund*, l'associazione dei nazisti per le bambine, che a me non piaceva affatto. Ci si entrava a dieci anni e io ero ancora troppo piccola, per fortuna. Forse mio padre voleva che mia madre facesse richiesta per confermare la sua fede al nazionalsocialismo. Comunque Brigit raccontava che sua sorella stava sempre con le sue nuove amiche e mai a casa, aveva una divisa bellissima, cantava canzoni sulla libertà, recitava poesie e si vestiva con la divisa per le parate.

Quando il giorno dopo, prima della lezione, raccontai alla maestra Linzie quello che era accaduto, lei mi strinse forte e, con gli occhi che si erano ridotti a fessure, mi fece promettere di non parlarne con nessuno. Poi mi diede una caramella di zucchero e mi disse di non preoccuparmi. A me ci avrebbe pensato lei.

7

Il divorzio non risolse nulla

Il divorzio dei miei genitori, per quanto ammantato e in qualche misura nobilitato dalla necessità di salvaguardare me e mia madre dalla furia dei nazisti, fu solo l'epilogo inevitabile di un matrimonio ormai finito. E non risolse nulla.

Da mesi sentivo mio padre e mia madre rinfacciarsi torti e mancanze l'un l'altra. Lui le rimproverava di aver votato Hitler nel 1933. Lei ribatteva che non avrebbe mai immaginato quello che stava succedendo e che, in fin dei conti, anche lui aveva dichiarato molte volte che in Germania ci sarebbe stato bisogno di ordine, e che comunque Hitler l'avevano votato in tanti, anche parecchi ebrei.

Mio padre lasciò la nostra casa e andò a vivere in una stanza ammobiliata che divideva con altri due uomini. Tutto quello che poteva permettersi un disoccupato, ridotto a fare lavori saltuari pagati pochissimo. Riuscì a non farmela mai vedere. Si vergognava di dove era finito.

Ma nemmeno la situazione della mamma cambiò in meglio. Capì ben presto che, nonostante il divorzio, sarebbe sempre restata una donna che aveva sposato un ebreo, con una figlia bastarda e mezzosangue, frutto di un'unione ormai apertamente condannata pure dalla legge.

Anche noi lasciammo l'alloggio in cui eravamo sempre

vissute. Anche noi non potevamo più permettercelo. Ci trasferimmo in un paio di stanze vicino ai nonni materni. Ma prima del trasloco mia madre bruciò nel camino tutti i libri che mio padre aveva lasciato e spezzò a martellate in frammenti minuti la sua collezione di dischi. Le avevano riferito che si poteva essere arrestati anche solo per avere in casa uno dei libri bruciati in piazza qualche anno prima o dischi di quella musica, come il jazz, che i nazisti consideravano degenerata. Ma io penso che lo fece soprattutto per cancellare ogni traccia e ogni ricordo di mio padre.

Non bastò nemmeno quello. Quando cercò di trattenere, anche solo a mezzo servizio, Sibylle, la domestica che stava con noi da prima che nascessi, si trovò davanti a un netto rifiuto.

«Non è per lei, che mi ha sempre trattato bene. È per suo marito. È ebreo».

«Non è più mio marito. Non vive con noi».

«Non importa. Continua a esser ebreo».

Poi aveva guardato me. Non lo disse, ma era come se l'avesse urlato. "Ed Ester sarà sempre la figlia di un ebreo".

E questo non fu che il primo passo. Qualcuno dei vecchi amici rifiutò i suoi inviti per un tè, un caffè, una fetta di dolce, per visitare la casa nuova. Altri, quando li cercò, non si fecero trovare in casa. Qualcuno la trattò male. Mia madre ne fu sconvolta. Puoi capire l'ostilità del tuo nemico, non il tradimento e la crudeltà di chi, fino a un attimo prima, è stato tuo amico.

Poi i commercianti cominciarono a comportarsi con lei in modo diverso dagli altri clienti. Una volta cercò di acquistare del pesce e si sentì dire che non ce n'era, mentre il bancone traboccava di pesci di ogni genere. Quella volta la mamma se ne andò via dal negozio piangendo e strattonandomi con decisione più e più volte per farmi camminare in fretta e arrivare prima possibile a casa.

Vedevo poco mio padre. Abitava lontano, in periferia. Per arrivarci occorreva prendere due tram e fare ancora un buon pezzo a piedi. Mia madre non voleva che qualcuno dei nostri conoscenti potesse vederci insieme e quindi dovevo andare io da lui. Dopo le prime volte cominciò a trovare mille scuse per non accompagnarmi. Linzie allora si offerse di sostituirla. Raggiungevamo mio padre e poi lei andava a farsi una passeggiata.

Erano incontri tristi. Linzie tutte le volte mi dava qualche marco. Sapeva che papà non avrebbe potuto pagare nemmeno un caffè. Lui non voleva, ma poi vedevo che mangiava con piacere il dolce che ordinava e pagava con i soldi che gli davo. Capii solo più tardi che, in molte occasioni, quello probabilmente era l'unico pasto che avrebbe potuto permettersi nella giornata.

Un giorno però non lo trovammo all'appuntamento. Non sapevo dove abitava, ero disperata. Poi si avvicinò un uomo male in arnese.

«Sei Ester, la figlia di Bernard Zweig?»

Annuii.

«Me l'aveva detto che vi avrei trovato qui».

Non ebbi il tempo di dire niente. L'uomo continuò.

«La polizia ieri mattina l'ha portato via».

«Dove?»

Lui scrollò le spalle e se ne andò senza aggiungere una sola parola.

Tornai a casa angosciata e lo dissi alla mamma. Lei si rifiutò di informarsi su dove fosse finito.

Ci pensò Linzie e, anche se alla polizia le fu detto in malo modo che, da buona ariana, non avrebbe dovuto interessarsi di un ebreo (se non voleva fare la sua stessa fine), scoprì che era finito in un campo di concentramento a Dachau, dove venivano inviati ebrei e oppositori politici.

Quando lo venni a sapere gli scrissi, di nascosto dalla mamma. Non ricevetti risposta. Allora, raccogliendo tutto il coraggio che avevo, decisi di rivolgermi direttamente al direttore del campo. Non conoscevo il suo nome, indirizzai la lettera al "signor direttore del campo di Dachau".

In poche righe chiedevo che mi restituissero il papà o, se proprio non potevano, almeno lo trattassero bene perché era buono.

Quando mamma venne a sapere delle lettere impazzì. Non l'avevo mai vista così infuriata e rabbiosa. Piansi per una notte intera per la sua tremenda sgridata e soprattutto per il ceffone che ricevetti in pieno viso, cattivo, violento, adulto, molto diverso dalle sculacciate infantili che sapevo di meritare quando mi esibivo in qualche capriccio.

Un po' di tempo dopo arrivò a casa un biglietto di mio padre, che mi diceva di essere stato rilasciato e mi chiedeva di vederci.

Linzie, come le altre volte, mi accompagnò.

Lo trovai invecchiato, dimagrito, stanco, lui che era sempre stato robusto e pieno di vita. Era pallido, con il viso segnato da profonde occhiaie scure. Aveva perso molti capelli e parecchi di quelli rimasti erano diventati bianchi. Zoppicava visibilmente.

Gli chiesi il perché. Mi rispose che non era nulla. Una storta.

Mi colpì la sua voce. Debole, rauca, esausta.

Mi abbracciò in silenzio. Poi, mentre cercavo vanamente qualcosa da dirgli, mi prese la mano.

«Non ci vedremo per un po' di tempo».

Per quanto non fosse una buona notizia fui contenta che le sue parole avessero rotto il silenzio calato su di noi.

«Perché?»

«Proverò ad andare in Palestina. Come molti ebrei».

Ero al corrente della Palestina e del tentativo che stavano facendo molti ebrei di trasferirsi là, ma sapevo a malapena dov'era, quasi fosse una terra al di là di ogni confine conosciuto.

Lui continuò.

«Quando sarò arrivato ti scriverò e verrai a trovarmi».

Annuii. Non riuscivo a parlare. Poi si mise a piangere. Non glielo avevo mai visto fare. Allora cominciai a piangere anch'io. Lui mi abbracciò.

«Ti chiami Ester, il nome di un'eroina della Bibbia. Sii forte come lei».

Piansi ancora più forte.

La questione del mio nome in casa era una ferita aperta. Avevo sentito mille volte mia madre rinfacciare a mio padre il fatto di avermi voluto dare un nome ebreo. Sapevo che non era vero. Non completamente, almeno. La verità era un'altra e l'avevo sentita raccontare mille volte. Quando mia madre era rimasta incinta i miei genitori avevano raggiunto un accordo: se fosse nata una femmina il nome l'avrebbe scelto mio padre, invece se si fosse trattato di un maschio avrebbe deciso mia madre.

Papà scelse il nome di tutte le primogenite della sua famiglia.

La cosa buffa era che mamma avrebbe scelto di chiamare il figlio Adolf.

Non penso che ci fosse un qualche riferimento a Hitler, che nel 1927, l'anno della mia nascita, era ancora lontano dal prendere il potere. Probabilmente si trattava solo di un nome che le piaceva. Ma io ormai ero convinta che avrebbe preferito mille volte avere un figlio maschio che si chiamava Adolf invece di una figlia femmina di nome Ester.

In quel momento entrò nel locale un graduato delle SS, gettò uno sguardo distratto su di noi, un uomo e una bambina che stavano bevendo una tazza di tè e mangiando una fetta di torta, e poi si avviò verso il bancone. Insomma, non capitò niente di strano e non sembrò esserci nulla di cui preoccuparsi, ma fu più che sufficiente perché mio padre scattasse in piedi e facesse il saluto nazista esplodendo in un "Heil Hitler" a piena voce.

La SS rispose, un po' sorpresa. Io invece vidi lo spavento e il panico sul viso di mio padre. Un terrore indescrivibile. Sul volto del mio papà che il saluto nazista cercava di evitarlo tutte le volte che poteva. Del mio forte papà che spiegava quanto fosse necessario lottare per vincere le nostre paure e che le avversità si dovevano affrontare senza piagnistei e con coraggio. Dell'uomo tra le cui braccia mi ero sempre sentita protetta e dove ero certa che niente e nessuno avrebbe potuto mai farmi del male.

Capii che anche lui, come mia madre, era cambiato per sempre.

Mi guardò, lesse i miei pensieri sul mio volto, distolse il viso e uscì correndo dal locale.

Linzie, che mi stava aspettando fuori, appena lo vide uscire entrò e mi abbracciò.

8
L'amore vietato

Linzie amava Julius. Julius amava Linzie. Alla follia. Follia. Un amore impossibile. Linzie tedesca, ariana, figlia di ariani, maestra di ginnastica. Perfetta per la Germania del 1937 che dello sport aveva fatto una religione insieme alla fedeltà al Führer.

Julius ebreo, figlio di ebrei, violinista cacciato dai Berliner Philharmoniker, costretto a vivere nel retrobottega di un forno. Un indesiderabile, per la Germania delle spietate leggi razziali.

Lo sapevano entrambi che sarebbe stato impossibile. Eppure lui ogni volta che la vedeva aveva il sorriso della speranza. Lei volava tra le sue braccia e lo riempiva di baci, baci sulla faccia, sui capelli, sulle braccia. Una tempesta di affetto, di sorrisi, di sole. Davanti a tutti. Erano pazzi. Noi bambine ridevamo come chiocce e ci nascondevamo il volto come se quei baci li stessimo ricevendo noi. Brigit faceva smorfie. Ma lei faceva sempre smorfie.

Mi rendevo conto di assistere a una trasformazione. Linzie, la mia maestra sempre precisa e rigida con le regole da seguire per fare al meglio gli esercizi, lei che non la finiva mai con le raccomandazioni sulla postura, sul modo di camminare e sul cibo, diventava morbida dappertutto. Le guance si coloravano, le gambe si piegavano e vedevo i piedi muoversi dentro le scarpe da ginnastica. Diventava sghemba. Sghemba, imperfetta e felice.

Li sentivo parlare. All'inizio certe frasi mormorate non le afferravo bene. Pensavo fossero parole d'amore, di cui ero curiosa e intimidita. L'amore era cosa nuova per me. Nessuno ne parlava e di certo nemmeno mia madre l'aveva mai fatto apertamente. Ero piccola e sicuramente pensava che ci sarebbe stato tempo. Quindi quello che accadeva tra Julius e la mia maestra mi sembrava una favola, una di quelle storie piene di luci, di sussurri, di dolcezze.

In un mondo che ormai non mostrava più l'amore, né gesti di affetto, né slanci di bene disinteressato, la mia maestra e il suo innamorato erano una rivoluzione.

In fondo Hitler uccise l'amore. Uccise la compassione, la bellezza del bene. Perché l'amore è tenerezza, gentilezza, passione. Il vero ariano doveva dimostrare di essere vigoroso, freddo, calcolatore, privo di compassione.

Dopo che mio padre divorziò e io dovetti vivere le sue visite con ansia e dolore e pena, cominciai anche a capire i discorsi tra Linzie e Julius. Non so dove si vedessero al di fuori del forno dei Reuband, presumo avessero trovato una stanza ben nascosti. Li sentii parlare di "certificati di protezione" che qualcuno riusciva a realizzare come usciti dalle mani di Himmler, il capo della Gestapo, di documenti falsi, li sentii mormorare di Francia e di America e di quanto fosse importante sbrigarsi a partire.

Ascoltavo sempre in preda a un'ansia di cui non riuscivo più a liberarmi.

Ero anch'io mezza ebrea. Anche la mia sorte era quella di andare via perché il mio paese non mi voleva più.

Ormai mia madre mi parlava appena. Si chiudeva a chiave nella sua stanza e ne usciva sempre di meno, e quando ne usciva stentavo a riconoscerla. Occhi gonfi, capelli in disordine, vestiti gualciti e un odore acre e pungente che allora non riconoscevo.

Dalla camera un paio di volte avevo visto uscire anche un uomo. Non sempre lo stesso. La prima volta si era accorta di me, rientrata dalla scuola di ginnastica un po' prima, e senza dire una parola aveva chiuso la porta facendola sbattere. La seconda volta la porta non aveva fatto rumore quando si era chiusa.

Avevo imparato a prepararmi un po' di cibo caldo, a lavare gli abiti e le calze, a pettinarmi e a tenermi pulita. Avevo imparato a vivere da sola. A scuola, la scuola elementare che frequentavo in Behrenstrasse, non tolleravano la sporcizia e il disordine. Un mio compagno aveva rischiato l'espulsione per non aver pulito le unghie.

Stavo attenta a essere come volevano.

Anche la maestra Linzie mi aveva pregato di far finta di essere come gli altri. Dovevo recitare.

«Tu devi ascoltarmi, Ester. Ascoltami bene. E ciò che dico deve diventare per te motivo di obbedienza totale. Perché ora va così. Ma un giorno cambierà. Nel frattempo non devi mai essere irriverente nei confronti del maestro Klaus. Mai. Non devi mai ribellarti, anche se venisse commessa un'ingiustizia nei confronti di altri, non devi mai e poi mai manifestare dissenso. Hai capito?»

Avevo annuito, stringendole la gonna. La stoffa era morbida e aveva asciugato il sudore delle mani. Avevo capito. Anche se parole come "dissenso" o "irriverenza" non erano per me usuali, avevo compreso che quello in cui stavo vivendo era un mondo dal quale nascondersi per rimanere vivi. Come i lombrichi, sotto terra per vivere.

Quello che era successo a mio padre non era una disgrazia o una malattia. Era qualcosa di più orrendo. Guardavo gli occhi azzurri di Linzie, diventati laghi blu dove la paura era una cosa reale. Come un pacco, un ombrello, uno stivale. La mia maestra aveva paura. Poteva sembrare strano. Lei non aveva nulla da temere se solo avesse smesso di frequentare un ebreo e avesse cominciato ad allenare solo bambine ariane. Ma la sua paura era per qualcosa di più grande di se stessa. Era la paura di non riconoscere più il mondo nel quale era cresciuta e vissuta. Certo, aveva paura per Julius e per me. Ma anche per le sue scarpe da ginnastica. Per la sua libertà di essere ciò che era.

C'era una teoria, una teoria che avevano strillato sulle pagine del famoso giornale: "... Una singola coabitazione [intesa come rapporto sessuale] di un ebreo con un'ariana è sufficiente ad avvelenare il sangue della donna per sempre. Insieme all'albume alieno ella avrà assimilato l'anima straniera. Essa non potrà più generare bambini ariani, anche sposandosi con un ariano. Essi [i bambini] saranno tutti dei bastardi, con una doppia anima e il corpo di una stirpe promiscua. I loro bambini saranno inoltre un ibrido; il che significa persone ripugnanti dal carattere incostante e tendenza alle malattie".

Linzie l'aveva letta con orrore a voce bassa e io avevo solo capito che eravamo tutti in grave pericolo. Per questo mi rimproverava, esortava, confortava e sgridava. Dovevo fare finta. Ciò che mi proteggeva ancora era Linzie, che non smetteva mai di ricordare a tutti che ero stata la bambina che aveva portato i fiori a Hitler. Quella bambina non c'era più, ma io dovevo continuare a far finta di esserlo.

In pochi mesi avevo imparato a mimetizzarmi, a diventare invisibile, a non fare rumore per non attirare l'attenzione. Facevo finta. La recita non finiva mai. Facevo finta di essere una perfetta ariana con i capelli ben pettinati che lasciavano la fronte scoperta, a volte impiegavo un tempo infinito per farmi due trecce, come Brigit. Ero la bambina dei fiori che Leni, la fotografa delle Olimpiadi, aveva ripreso e fotografato e tutta la Germania aveva visto.

Il terrore di essere chiamata dal maestro Klaus per un "confronto" era sempre lì, davanti agli occhi, e certe volte era talmente forte che provocava il bisogno di urinare subito. Anche quello però dovevo trattenere, rimandare. Non potevo chiedere di usare la toilette durante la lezione.

Ogni tanto il maestro chiamava vicino alla cattedra Ernest e dall'altro lato Heinrich. Dal cassetto tirava fuori un metro da sarto e iniziava le misurazioni: quello era il confronto.

Circonferenza cranio di Ernest e circonferenza di Heinrich; lunghezza naso del primo e del secondo; forma del naso; distanza tra gli occhi; altezza; lunghezza delle braccia.

Un compagno aveva il compito di dividere con il gesso la lavagna in due parti e registrare le misurazioni e le forme. Poi il maestro con enfasi spiegava le differenze tra i due e che Heinrich appariva già come i grandi eroi dell'antichità: Sigfrido, per esempio, che conquistò con coraggio e determinazione il tesoro dei Nibelunghi. E Sigfrido aveva occhi azzurri e capelli biondi, un corpo atletico e asciutto, un naso diritto e fiero. Non come Ernest, il cui naso sembrava avesse incontrato una palla di ferro e il cui corpo appariva tozzo e senza vigore. Così tutti erano invitati ad applaudire Heinrich, rappresentante della razza ariana che doveva governare il mondo. Ernest tornava al suo posto con le lacrime agli occhi. E il maestro non aspettava altro. Lo richiamava ancora per dimostrare che i giudei sono anche molli, senza carattere, e i maschi piangono facilmente come le femmine. Terminava la lezione con una cantilena di ringraziamento verso il nostro Führer che ci aveva aperto gli occhi e svelato la verità.

«Davvero accadeva questo?»

«Accadeva molto di più. I nostri testi scolastici erano cambiati. Avevamo visto bruciare i libri, quelli che usavamo prima. Il maestro ci aveva portati in giardino, ognuno di noi con un libro. Io ricordo che avevo un libro di favole. Accese il fuoco usando paglia e carta e poi ci invitò a gettare uno alla volta i libri "inutili"».

Guardavo le pagine del mio libro di favole arricciarsi nel fumo e poi le lingue di fuoco inghiottirle, trasformarle in cenere. Le mie principesse scintillanti, i castelli sulle colline verdi, le streghe dai mantelli neri, i draghi, i folletti dei boschi diventavano aria e poi scomparivano, e io mi sentii profondamente sola. Ci portarono i nuovi libri. I libri "utili" nelle cui pagine c'erano problemi di calcolo.

"Esercizio 95. La costruzione di un manicomio richiede 6

milioni di marchi. Quanti quartieri del costo di 15.000 marchi ciascuno avrebbero potuto essere costruiti al suo posto? Esercizio 97. Un malato di mente costa circa 4 marchi al giorno, un invalido 5,5 marchi, un delinquente 3,5 marchi. In molti casi un funzionario pubblico guadagna 4 marchi al giorno, un impiegato appena 3,5 marchi. Rappresenta graficamente queste cifre. In Germania ci sono 300.000 malati di mente, epilettici ecc. in case di cura. Quanto costano annualmente costoro complessivamente se per ognuno ci vogliono 4 marchi al giorno? Quanti prestiti per cittadini tedeschi di 1.000 marchi l'uno si potrebbero stanziare con questi soldi?"

«Terrificante. Oh, *Fraülein*...»

Mi esce un sorriso. Un sorriso in risposta al suo "terrificante". Franz è un giovane che sorride spesso. Dovrebbe farlo sempre. Anch'io dovrei farlo più spesso. Un sorriso è un varco, una porta. Ma non voglio umiliarlo. "Terrificante" è il massimo aggettivo che si trova generalmente ed è quello giusto. Eppure io ho vissuto anche altro e fatico ancora oggi a trovargli un nome.

«Avrai capito che quello era un modo per preparare il popolo allo sterminio. Alla soluzione finale. Instillare nelle menti l'utilità e la normalità di eliminare la gente che non poteva lavorare, che non poteva obbedire al nostro Führer, che non poteva diventare un fedele soldato di Hitler. E Linzie lo aveva capito, per questo la sua paura aveva un peso, un'altezza e una dimensione. Per questo studiò un piano per portarmi via».

9
Sporca giudea

Sono sicura che furono l'impegno e la dedizione che Linzie continuava a richiedere nell'affrontare la ginnastica ritmica a impedirmi di andare in pezzi insieme alla vita che avevo vissuto fino a poco tempo prima.

Mentre tutto intorno a me sembrava sprofondare, mi aggrappai ferocemente a pivot, salti, equilibri, a tutti gli esercizi che mi faceva fare. Con la fune, le clavette, il cerchio, il nastro, la palla. Da sola o in gruppo. In palestra provavo a eseguirli fino a quando non mi venivano i crampi per la stanchezza. Li rifacevo mentalmente di notte nel mio letto, incapace di dormire per l'ansia che mi attanagliava lo stomaco, mentre sovente sentivo mia madre piangere nell'altra stanza.

Il risultato fu che, paradossalmente, in quella primavera diventai brava come non lo ero mai stata e lo stesso successe alle mie compagne.

Facevamo gare molto spesso e in più di un'occasione rasentammo la perfezione. Un giornale sportivo ci definì la grande realtà della ginnastica ritmica tedesca e un esempio per tutte le giovani. Facemmo salti di gioia quando successe. Linzie ci abbracciò tutte e sei.

Brigit, Sandra, Rosa, Ruth, Hertha e io.

Ci allenavamo insieme da tre anni e andavamo d'accordo, nonostante i normali litigi occasionali tra bambine e le differenze profonde di indole, carattere, personalità che ci dividevano.

Il nazismo riuscì lo stesso a scavare tra noi solchi profondi e invalicabili.

Brigit, Sandra, Rosa ed Hertha erano tedesche. Ariane purosangue. Ruth invece era ebrea. Un perfetto esemplare della razza inferiore. Poi c'ero io, né carne né pesce, mezzo e mezzo, una *Mischling*, come ci chiamavano i nazisti, che in quel momento non avevano ancora le idee chiare su cosa avrebbero fatto di noi. Poi, quando scoppiò la guerra, decisero che anche noi avremmo dovuto seguire la sorte di tutti gli ebrei. Essere sterminati.

Questa differenza non era mai stata un problema tra noi. Non ne avevamo mai parlato. Non ci avevamo addirittura mai pensato, se non di sfuggita. Eravamo amiche. Ci vedevamo anche fuori dalla palestra. Le nostre famiglie si frequentavano, contente, ed erano orgogliose dei nostri successi.

Fino a quando andammo ad Hannover per una gara.

C'era sempre qualche genitore con noi. Quel giorno vennero quelli di Hertha, Sandra e Rosa. Stravincemmo. Eravamo felici. Poi, mentre aspettavamo la premiazione, sul palco preparato per noi salì una donna. La conoscevo di vista, era l'allenatrice di una squadra che non si era classificata tra le prime dieci. Strappò il microfono dalle mani dello speaker, un fischio violento dell'impianto di amplificazione fece cessare di colpo le chiacchiere e girare tutte le teste verso di lei. Le sue parole risuonarono chiare nel silenzio generale.

«Non si può premiare la squadra che ha vinto. Tra loro c'è una sporca giudea».

Sporca giudea, disse proprio così.

Mi trovai improvvisamente sospesa nell'attimo interminabile che precede una tragedia che non puoi evitare. Ero io. Non potevo essere che io. Stava parlando di me. Mi venne l'impulso di scappare, correre via. Il cuore cominciò a battere furiosamente. La bottiglia da cui stavo bevendo mi sfuggì dalle mani. Sentii distintamente il vetro frantumarsi sul pavimento e gli schizzi d'acqua bagnarmi le gambe. La donna continuò.

«Si chiama Ruth Mendel! Eccola!»

Il suo dito indicò il nostro gruppo. Concentrata sulla mia metà ebrea non avevo pensato a Ruth. Provai per un attimo una sensazione di sollievo tanto travolgente quanto immensamente meschina, ma non ebbi il tempo di vergognarmene. Linzie reagì subito.

«Non è giusto. Non c'entra niente con il fatto che abbiamo vinto».

La donna continuò a urlare.

«È contro la legge che le nostre figlie vengano a contatto con una razza inferiore».

Aveva ragione. Le leggi di Hitler affermavano proprio una cosa del genere, ma Linzie le aveva sempre ignorate. Probabilmente lo stesso avevano fatto altri allenatori e organizzatori di gare. Fino a quel momento. Si scatenò il finimondo. Urla. Insulti.

«Ha ragione!»

«Qui non vogliamo ebrei».

«Torna nelle fogne da cui sei uscita».

Pochissimi presero le difese di Ruth.

Vidi i genitori di Hertha, Sandra e Rosa trascinare le figlie lontano da lei. Brigit le seguì mentre Linzie fronteggiava e affrontava gli spettatori più aggressivi cercando di proteggere Ruth e me, che ero rimasta con loro. Un pugno la colpì sulle spalle. Barcollò, ma riuscì a rimanere in piedi. Uno spintone mi fece quasi cadere. Avevo voglia di vomitare, di scappare, di sparire, di piangere, senza riuscire a fare nessuna di queste cose. Pietrificata, vedevo il caos attorno a me, ma non sentivo niente, solo il cuore che batteva, batteva, batteva sempre più forte fino a farmi star male. Mi sentivo sospesa tra il gretto sollievo di non essere stata indicata io come la sporca giudea e l'angoscia che mi stringeva la gola nel vedere Ruth piangere disperata accanto a me.

Non ricordo come riuscimmo a uscire dalla palestra. Solo Linzie che mi prendeva per mano e mi trascinava via.

Quando finalmente fummo all'aperto, io e Ruth, ancora con il costume da gara perché non avevamo fatto in tempo a cambiarci, ci trovammo nella pioggia battente e martellante di un temporale rabbioso. Fu quello che probabilmente ci salvò da guai peggiori. La gente si disperse e potemmo avviarci verso il bus che ci avrebbe dovuto riportare alla stazione.

Gli autisti e i passeggeri rifiutarono di far salire Ruth. Linzie non l'abbandonò. Io restai con loro.

La necessità di non perdere il treno ci costrinse a una corsa disperata sotto l'acqua. Quando salimmo, Linzie fece per avvicinarsi al gruppo di Hertha, Sandra, Rosa e Brigit. I genitori trascinarono via nuovamente le figlie. Brigit ed Hertha ebbero appena il tempo di lanciarci le borse con i nostri vestiti che erano riuscite a prendere negli spogliatoi. Restammo sole, in uno scompartimento tutto per noi.

Mi cambiai gli abiti fradici, poi restai lì, senza sapere cosa fare, guardando Ruth che non smetteva di piangere, mentre Linzie cercava inutilmente di consolarla.

A un certo punto mi addormentai. Mi svegliò improvvisamente un movimento tra i sedili. Aprii gli occhi e vidi Hertha e Brigit. Avevano gli occhi lucidi ed Hertha anche il segno netto di uno schiaffo sulla guancia. Non dissero nulla. Si sedettero vicino a Ruth, le presero le mani e non le lasciarono fino all'arrivo, stando in silenzio e fissando il vuoto. Un gesto di sfida di cui sono sempre stata grata.

Da quel giorno il nostro gruppo cessò di esistere. Sandra, Hertha, Rosa e Brigit, ma anche Ruth, non si presentarono più agli allenamenti. Con il senno di poi posso dire che era stato un miracolo di Linzie tenerlo in vita fino a quel momento. Anche se lei minimizzò.

«No. Non un miracolo. Soltanto il fatto che ai genitori di tutte loro piaceva che le loro figlie vincessero e per farlo era necessario che rimaneste assieme. Eravate un gruppo, una squadra. Però, se tu, Ester, vuoi continuare anche da sola, ne sarò contenta».

Fui felice della sua decisione. Anzi, a casa non dissi nulla per paura che mia madre mi impedisse di andare. I miei pomeriggi con Linzie, il tè dai Reuband, le chiacchiere e gli scherzi con Julius erano le ultime cose belle che mi erano rimaste.

Linzie nei giorni seguenti cercò di parlare con le mie vecchie compagne e i loro genitori. Non ci riuscì. Un paio di settimane dopo venimmo a sapere che si stavano allenando in un'altra palestra. Tutte tranne Brigit, che sembrava sparita. Fu Hertha a dircelo quando, sfidando ancora una volta il divieto dei genitori, venne a salutarci.

Il giorno dopo, inaspettatamente, comparve Ruth con suo padre. Che stette in disparte mentre lei veniva ad abbracciare me e Linzie.

«Parto. Con i miei. Andiamo via».

«Dove?»

«In Cina, a Shanghai».

Shanghai! Per me era come andare sulla Luna.

«I miei genitori dicono che è uno dei pochi posti in cui noi ebrei possiamo ancora espatriare. Nessun altro paese ci vuole. Sapevo che saremmo partiti. Papà e mamma l'avevano deciso già da mesi, però mi avevano raccomandato di non dire nulla».

Si mise a piangere. Non ci fu bisogno di dire altro. La sua sofferenza per il tradimento di Hertha, Rosa, Sandra e Brigit era anche la mia. Abbracciò me e Linzie.

«Abbiamo dovuto vendere tutto. La casa, i mobili, tutto. Partiremo con poche valigie». Si mise a singhiozzare ancora più forte. «Non hanno nemmeno aspettato che partissimo per prendere la nostra roba. Hanno portato via tutto quello che volevano. Il resto l'hanno buttato per strada, nel fango.

Vestiti, giocattoli, quadri, libri. Li hanno calpestati, distrutti, bruciati».

Suo padre strinse la mano a Linzie con una sola parola: «Grazie».

Poi prese la mia. Ricordo perfettamente le sue parole: «Buona fortuna, piccola Ester».

10
Aktion T4

Io e Linzie continuammo gli allenamenti. Perdemmo però il siparietto che noi bambine eravamo abituate a vedere quasi sempre, dalla nascita di quell'amore: Linzie sull'ingresso della palestra guardava Julius, che l'aveva accompagnata fin lì, trattenendo a stento un sorriso.

«No. Preferisco che tu non venga. Lo sai».

Lui sogghignava chinando la testa da un lato. Quando faceva così mi ricordava un grosso cagnone intento a intenerire il padrone.

«Perché?»

«Le distrai. Guardano te, non seguono quello che dico e non si impegnano più».

Lui sorrideva apertamente rivolgendosi a noi bambine.

«È gelosa. Lo vedete. Ecco perché non vuole che venga a vedere gli allenamenti. È invidiosa di voi perché siete una più bella dell'altra».

Linzie ci spingeva ridendo verso l'interno della palestra.

«Forza! Non dategli retta. Dovete solo pensare a lavorare».

Poi si avvicinava a lui, gli sfiorava le labbra con un bacio ed entrava con noi.

Ci piaceva questa scena che si ripeteva quasi tutti i giorni, con la medesima sequenza di azioni e parole. Un'abitudine, un gioco tra due innamorati che ci faceva iniziare gli allenamenti di buon umore.

Ma che senso aveva continuare se adesso ero io l'unica spettatrice rimasta?

Non ebbi il coraggio di cercare le mie vecchie compagne. Non riuscivo a dimenticare il momento in cui, bagnate fradicie, sotto la pioggia battente, ci avevano impedito di salire sul bus e come ci avessero lasciate sole sul treno.

Poi, un giorno, un mese dopo la gara, vidi tornare Brigit in palestra, pallida e dimagrita. Non disse nulla e cominciò ad allenarsi come non fosse successo niente. Anche dopo, mentre ci stavamo cambiando, taceva, con un'espressione incupita in viso. Stavamo per uscire quando trovai finalmente il coraggio di rivolgerle la parola.

«I tuoi genitori hanno cambiato idea?»

Rispose seccamente: «Non decidono più loro».

Non mi aspettavo una risposta del genere e provai a insistere: «Perché? Cosa è successo?».

Mi abbracciò piangendo.

«Scusa, scusa, scusa per quel giorno ad Hannover. Dovevo rimanere con voi. Sono stata stupida. Stupida e vigliacca. Io sarei ancora venuta agli allenamenti, ma i miei genitori non hanno voluto. Avevano paura per me e per Hans. Non essere arrabbiata».

Sì, invece, che ero arrabbiata. Mi aveva tradito, si era comportata male. Ma ero stufa di rimanere sola e lei era tornata. Pensai anche al sollievo e alla vergogna provati quando avevo scoperto che la sporca ebrea era Ruth e non io. Non avevo il diritto di pensarmi migliore di lei. La abbracciai. Le dissi che non importava. Volevo sapere cosa era successo.

«Hans? Tuo fratello? Che c'entra con tutto questo?»

Hans era nato un paio di anni prima. Un bambino robusto, sempre sorridente, simpatico. Mi venne in mente di non averlo più visto da parecchio. Da più di un anno. Lei spiegò. A me e a Linzie.

«Poco prima che Hans compisse due anni avevamo capito che qualcosa in lui non andava per il verso giusto. Mangiava di gusto, ingrassava, era sano, allegro, simpatico, ma proprio non parlava e faceva fatica a camminare. I miei genitori lo portarono da un medico, poi da un altro, e da un altro ancora. Nessuno dette loro speranze. Hans era mongoloide».

Trattenni il fiato. Mongoloide. La disfunzione che oggi viene chiamata sindrome di Down. Un piccolo maledetto cromosoma in più nel suo corredo genetico, sufficiente a fare di lui una di quelle persone che i nazisti ritenevano indegne di vivere. Tutti sapevano benissimo che per Hitler quelli come lui dovevano essere eliminati. La domanda successiva la feci con la voce che tremava.

«Che gli è successo?»

«I miei genitori l'hanno chiuso in casa per paura che potesse succedergli qualcosa. Uscivano con lui il meno possibile e solo di sera o di notte, anche perché... anche perché si vedeva sempre di più che era... era... come dicevano».

Si interruppe con un singhiozzo.

«Poi due mesi fa sono venute da noi due donne. Dicevano di essere infermiere che lavoravano in un ospedale specializzato nella cura dei bambini come Hans. Chiedevano di farlo ricoverare lì, dove avrebbe potuto essere curato. Se proprio non fosse migliorato, l'avrebbero riportato a casa senza problemi».

«E se i tuoi non avessero accettato?»

«Dissero che non ci sarebbero state conseguenze. Sarebbero ripassate l'indomani per una risposta».

«E loro?»

«Mamma non voleva, papà sì. Li sentii discutere tutta la notte. Alla fine papà la convinse. Quando le due infermiere ripassarono il giorno dopo, ripartirono con Hans che si allontanò con loro sorridendo a tutti».

Brigit qui si fermò, quasi senza fiato. Linzie la abbracciò come per darle la forza di continuare.

«Non lo rivedemmo più. Volevamo andare a trovarlo e non ci lasciarono entrare. Un mese dopo ci arrivò una lettera dall'ospedale. Poche righe. Diceva che Hans era morto di polmonite. Il corpo era stato cremato».

«E i tuoi genitori?»

«Cominciarono a chiedere in giro e scoprirono che era successa la stessa cosa ad altri bambini. Si diceva che fossero stati uccisi con un'iniezione o addirittura lasciati morire di fame. Mamma litigò furiosamente con papà perché aveva dato il consenso al ricovero. Poi seppero che non sarebbe servito a niente rifiutare perché ad altre famiglie i bambini erano stati strappati con la forza. Papà scrisse diverse lettere ai giornali chiedendo di sapere cosa fosse successo esattamente ad Hans».

«Ottenne qualcosa?»

«Tornarono a casa nostra le due infermiere. Stavolta non

furono gentili. Dissero che non importava di che cosa fosse morto Hans. Era così e basta. Il Reich non aveva nessuna intenzione di spendere denaro per far vivere gente che non se lo meritava a scapito dei veri ariani...»

Ancora una volta Brigit si fermò, sempre abbracciata da Linzie.

«E che in fin dei conti la colpa di quanto era successo era solo loro che avevano generato un figlio ritardato e mongoloide».

Non si trattò di un episodio estemporaneo o del delirio di due fanatiche psicopatiche. No. Tutto era stato progettato a tavolino, freddamente, scientificamente e aveva un nome. Progetto Aktion T4. Teso a eliminare quelli che oggi chiamiamo con un'espressione poetica "figli di un dio minore". Cinquemila bambini morirono così in quegli anni. E le due infermiere erano persone perfettamente normali come quasi tutti i tedeschi che aderirono al nazismo.

Ma Brigit non aveva ancora finito di raccontare.

«I miei genitori non si arresero e andarono dal sacerdote della nostra parrocchia. Non successe nulla. Allora cercarono aiuto e comprensione dall'arcivescovo. Inutilmente. Scrissero anche al Papa. Nessuna risposta».

Ormai Linzie e io stavamo con il fiato sospeso.

«Mio padre allora inviò una lettera direttamente a Hitler. Diceva che lui l'aveva votato e che era sicuro che non conoscesse tutto quello che stava succedendo in Germania».

«E Hitler ha risposto?»

«Una settimana dopo è arrivata la polizia e hanno portato via papà e mamma».

«E tu?»

«Mi hanno lasciato da mia zia con mia sorella. Viviamo da lei ora».

Temevo di fare la domanda successiva.

«I tuoi genitori sono tornati?»

«Dopo qualche giorno. Ma sono cambiati. Non parlano di quello che è successo. Piangono sempre e quando non piangono litigano. La polizia ha detto loro che dovevano lasciarmi da mia zia finché avessi compiuto dieci anni. Poi mi avrebbero messo in un collegio come mia sorella, in modo da farmi avere una vera educazione ariana».

Ci guardò terrorizzata.

«Per il momento sono riuscita a convincere la zia a farmi tornare qui. Ma non so fino a quando potrò continuare a farlo. E non so dove mi metteranno se verranno a prendermi».

11
Ciao, Fiordaliso!

Quella sera quando il campanello suonò ebbi l'istinto di fuggire. Mamma era nella sua stanza con la porta socchiusa, l'avevo vista poco prima in vestaglia mettersi lo smalto sulle unghie. Io ormai dormivo su una branda in cucina e ci stavo bene. Nel letto dove stavo all'inizio con la mamma avrei avuto difficoltà a prendere sonno. C'erano troppi odori diversi. Odori di uomini e nessuno era papà.

Avevamo la finestra aperta. Ormai era arrivato luglio. Luglio 1937. Ero cresciuta in altezza di almeno sei, sette centimetri. Non che mi misurassi o pesassi, ma riuscivo ad aprire le ante dell'armadio senza prendere una sedia. Il mio corpo era scattante, tonico, muscoloso. Ero magra, ma non sciupata. Mangiavo pane e marmellata, zuppa di crauti e piselli, würstel quando la nonna ne portava, magari aggiungendo anche degli *apfelstrudel*.

La nonna veniva quasi di nascosto perché aveva paura anche lei. Paura di tutto. Paura anche della paura. Arrivava di mattina presto, di solito con una sporta piena di cose, e se ne andava poco dopo, il tempo di appoggiare la sporta sul tavolo. Il nonno non veniva mai. La mamma non lo cercava e lui non cercava lei. Nonna capiva tante cose e a volte aveva un sorriso dolce e con quello mi guardava. Altre volte, invece, il suo sorriso diventava come sospettoso. La mia metà ebrea. Come volesse capire dove stava il mio male, in quale parte del mio corpo fosse l'ebreo e in quale l'ariano. Io sentivo il suo sguardo addosso e spesso facevo quello che avevo visto fare a Linzie. La baciavo dappertutto. Lei allora rideva di gusto e mi abbracciava dimenticando di guardarmi e di avere paura. Ridevo anch'io di una gioia piena e smettevo per qualche minuto di fare finta.

Il campanello suonò per la seconda volta. Mamma si alzò dal letto e mi fece cenno di stare zitta e ferma.

Ogni volta che la normalità differiva in qualche modo io temevo arrivassero. Le SS, la Gestapo, gli infermieri. Il lupo cattivo. La strega. Il drago. Che arrivasse qualcuno a cui non potevi dire di no, a cui non potevi chiudere la porta in faccia perché più potente di te. Mentre mamma andava ad affacciarsi alla finestra, io mi ero nascosta dietro la vecchia poltrona della cucina. Dentro la mia testa non c'erano altre possibilità che eventi cattivi.

La mamma tornò dentro con la testa e sibilò le parole: la maestra di ginnastica.

Oh, Linzie! Mi sollevai di scatto e, aperta la porta, volai per le scale. Linzie sorrideva. Un sorriso che la luce del lampione ammantava di bellezza misteriosa.

«Ester, scusami, ma non riuscivo a pensare di andare a dormire senza dirtelo».

Mia madre era alla finestra. Linzie la vide e la salutò con la mano. Lei si ritrasse.

«Devo parlare con tua madre».

La frase mi spaventò tantissimo. Io non avevo paura di

quello che Linzie voleva dirle, qualsiasi cosa fosse stata, ma di come mamma avrebbe reagito.

In realtà non era più "mamma". Io allora lo percepivo, ma non volevo ammetterlo fino in fondo. Non era più la mia mamma, o semplicemente una mamma. Si era rotto qualcosa dentro di lei e non riusciva a farci i conti. Aveva abbandonato tutti e anche se stessa. Ma io non avevo neppure dieci anni e sentivo solamente la sua lontananza.

«Le chiedo scusa, signora, dell'ora e del disturbo».

Linzie le disse così e mamma non la salutò neppure. Si chiusero in camera e mi lasciarono fuori a morire di curiosità. Sentivo la voce della mia maestra e qualche parola sussurrata della mamma. Non capivo cosa stesse accadendo. La mia vita sarebbe cambiata di lì a poco, per sempre, e io ero lì, sulla vecchia poltrona della cucina a guardarmi i sandali, consumati sulla punta.

Quando Linzie uscì, mamma rimase nella sua camera.

«Allora, Ester, prepara qualcosa da portare via. Sei contenta di venire qualche tempo insieme a me?»

Non ero preparata a quelle parole e forse Linzie credette che avessi qualche perplessità. Ne avevo molte, ma nessuna era legata al fatto che fossi dispiaciuta di andare con lei.

«Dove?»

«Si va a Stoccarda! Ci sei mai stata?»

«Stoccarda...»

«Sì. Stoccarda. Ci andiamo con Leni Riefenstahl. Ricordi? La regista che abbiamo conosciuto alle Olimpiadi. In automobile, per giunta. Niente treno. Tua mamma è d'accordo». Si fermò solo un attimo. «L'ho convinta. Non è stato facile, ma alla fine con dispiacere farà a meno di te per qualche mese».

Qualche mese? Mi sembrava un tempo infinito e piccolissimo. Sarei andata via da Berlino. Via da tutto. Con Linzie. Quella pausa tra le frasi "l'ho convita" e "non è stato facile" aveva un qualcosa di falso. Non era vero che mamma aveva tergiversato. No, mamma era stata felice, forse felice no, ma di sicuro si era sentita sollevata. E infatti adesso era in piedi e stava trafficando nel cassetto del comò. La mia biancheria. Tre vestiti. Un cappello. Tutto in una borsa di pelle color crema con delle rose nere disegnate. Una delle borse da viaggio di mamma.

Volevo chiedere cosa dovessimo andare a fare a Stoccarda, ma temevo che le cose potessero cambiare. Avevo paura di partire, ma ne ero eccitata. Cominciai a sorridere. Sorridere e canticchiare sottovoce.

Tutto si svolse in fretta. Tutto fu veloce. Mamma mi abbracciò senza baciarmi. Aveva addosso un odore strano. Un odore che non la faceva somigliare più alla mia mamma. Poi d'improvviso le uscirono le lacrime e piangendo mi spinse fuori dalla porta che richiuse senza fare rumore.

Linzie prese la mia borsa anche se mi sarebbe piaciuto tenerla io. Era una borsa bellissima. Insieme scendemmo le scale e poi la notte ci accarezzò. Mentre facevamo il giro dell'isolato a piedi, Linzie non parlava, sembrava concentrata. A un certo punto, tra due palazzi ad angolo, si guardò intorno e si fermò.

«Comincia la recita per te. È una parte difficile, ma devi farcela. Sei mia nipote. Sei Ester Schmitz. La figlia di mia sorella e di suo marito. Sei con me perché ti devi riprendere da una brutta polmonite. Ogni tanto tossisci. Ricordatene, ti prego. A Stoccarda l'aria è migliore. Adesso prenderemo Brigit. Ho già avvertito i suoi zii. Anche lei ha avuto la polmonite ed è figlia di un mio cugino. I documenti dicono che si chiama Brigit von Braun. Leni si ricorda di te. Quindi non devi mentire sui fiori e sulle Olimpiadi. Anzi. Sei mia nipote e mia allieva. Era normale che ti scegliessero. Ti prego, Ester... ti prego».

Il tono, inizialmente concitato e quasi supplichevole, era diventato imperioso. Quindi c'era da recitare. Certo che mi sarei impegnata. Ma non ero sicura di riuscirci. Pensai a mio padre e ai suoi occhi spenti, a mia madre e al suo odore sconosciuto, e alla nonna con la sua borsa di cibo e gli occhi che mi guardavano metà e metà. Dove potevo andare? Non c'era più nessuno dai cui dovessi tornare. Annuii.

«Certo, ho capito».

«Brava, Ester. Bravissima. Non sottovalutare Leni. Sembra così cordiale e accogliente, ma ricordati che è la fotografa di Hitler. Non confidarti mai con lei».

Riprese la borsa in mano e attraversammo la strada. Sulla piazza c'erano alcune automobili. Una aveva i fari accesi.

Leni fumava una sigaretta in piedi con lo sportello aperto. Appena ci vide arrivare la spense, gettandola davanti a sé tra le aiuole. Era bellissima. Indossava una camicia leggera e una gonna pantalone lunga fino alle caviglie di un tessuto che si gonfiava nel vento leggero. I capelli erano sulle spalle e il rossetto sulle guance.

«Ciao, Fiordaliso!»

La sua voce era allegra, meravigliosamente spensierata. Risposi facendo un inchino. Lei rise.

«Allora, Linzie, sei pronta? Anzi, siete pronte? Siete tra le prime che vedranno il mio *Olympia* in anteprima. Non lo ha visto ancora nessuno. Ho impiegato quasi due anni a scegliere i fotogrammi migliori. E ci sei anche tu, Ester. Sono ansiosa di mostrarvi la mia creatura. La mia creatura osservata da due creature di razza pura, naturalmente. Poi, domani, il nuovo sobborgo di Stoccarda. Pronte per l'avventura ragazze? Ogni giorno è una nuova avventura, non trovate?»

Linzie rise, sistemò la borsa e mi fece salire sul sedile posteriore. Lei salì davanti, aggiustandosi i capelli biondi e lisciandosi la gonna sulle cosce.

12
Olympia

L'automobile percorse Alexanderplatz e attraversò la Sprea. A ogni posto di blocco un cenno e rumore di tacchi che sbattevano nel saluto e poi braccio teso. Leni parlava e parlava e parlava. Giungemmo in una casa di un quartiere tranquillo. Leni ci precedette in una saletta con una trentina di poltroncine. Su una parete uno schermo. Un piccolo cinema. Leni ci fece accomodare, poi si avviò verso la porta.

«Mettetevi comode. Vado a dare le istruzioni all'operatore e a ricevere gli altri ospiti».

Quando si allontanò guardai Linzie. Mille domande da fare e nessuna idea su dove iniziare. Brigit aveva sul viso la stessa mia perplessità. Linzie sospirò.

«Parleremo con calma più tardi. Ora vi basti sapere che rimanendo a Berlino avreste finito con il correre troppi pericoli».

Si rivolse a Brigit.

«Penso che a te sia inutile spiegare il motivo. I tuoi genitori ormai sono sorvegliati dalla Gestapo e tu rischiavi veramente di finire in qualche collegio o in una situazione ancora peggiore».

Si voltò poi verso di me.

«Quanto a te, la tua metà ebrea rischia di metterti nei

guai. Per non parlare del fatto che, se si dovesse scoprire che la Ester che portò i fiori a Hitler è ariana solo al cinquanta per cento, ho pochi dubbi che cercherebbero di fare molto in fretta a cancellare una simile gaffe».

Capii quello che voleva dire. Avrebbero eliminato tutti quelli che sapevano. Vide la mia espressione terrorizzata e cercò di rassicurarmi.

«Ve l'ho detto. Spero che questa follia finisca presto. Ma era necessario che le vecchie Ester e Brigit sparissero. E per fortuna Julius è riuscito a farvi avere documenti falsi mentre cercava di farseli fare per lui».

Obiettai. «Ma abbiamo tenuto gli stessi nomi, cambiando solo i cognomi. Non è pericoloso?»

«Sì, è un rischio, ma in questo modo non sbaglieremo chiamandoci tra noi, che sarebbe ancora peggio. Per fortuna si tratta di due nomi molto comuni».

Paura, provavo paura, certo, ma stranamente, e me ne stupivo, anche sollievo. Soprattutto perché stavo facendo qualcosa di difficile, pericoloso e azzardato, ma qualcosa. Sempre meglio che stare a macerarsi in una casa sempre più opprimente e triste, preoccupata per mio padre, con una donna che aveva dimenticato di essere mia madre, aspettando un ignoto assai poco rassicurante.

Feci un'altra obiezione. «E se ci smascherassero?»

«Potrebbe succedere. A Stoccarda però nessuno ci conosce e anche chi ha accettato la mia scelta di far portare i fiori a Hitler proprio a te, anche se scoprisse la verità, quasi sicuramente starebbe zitto. Perché noi finiremmo probabilmente male, ma lui, per il suo errore, ci seguirebbe un attimo dopo».

Brigit si intromise. «Cosa faremo?»

«Ho ottenuto l'incarico di insegnare ginnastica in una scuola elementare in quella città e voi siete con me per rimettervi da una brutta polmonite e per continuare ad allenarvi. Sono già in trattative con una palestra. Avrò altre allieve oltre a voi».

In quel momento si cominciarono a sentire delle voci e nella stanza entrarono una trentina di persone, uomini e donne. Ci guardarono appena e si accomodarono nelle poltroncine. L'ultima fu Leni che, appena seduta, fece un cenno verso il fondo della sala. Le luci si spensero, lo schermo si illuminò e su di esso cominciarono a scorrere le immagini.

Prima rovine e templi greci. Poi atleti, atleti e ancora atleti. Di tutte le nazionalità, di tutti gli sport. Vidi Owens vincere le sue quattro medaglie. Lessi sul volto degli spettatori tedeschi il disgusto quando un altro atleta di colore vinse gli ottocento metri, nonostante il tifo per l'italiano arrivato secondo, dopo che lo speaker aveva annunciato la gara come quella tra due atleti neri contro i migliori delle altre razze.

Fui affascinata dalle riprese al rallentatore dei ginnasti, dei saltatori con l'asta, dei discoboli, dei tuffatori, delle vele al vento e delle onde sollevate dalle barche durante le regate.

Mi entusiasmai quando sullo schermo comparvero centinaia di ragazze che eseguivano tutte insieme esercizi con le clavette e con il cerchio. Erano come me. Nemmeno più brave. Solo più grandi. Desiderai essere con loro. Sperai che Linzie avesse ragione e che alle Olimpiadi di Tokyo potesse toccare a me gareggiare o anche solo esibirmi.

Eppure qualcosa continuava a turbarmi. Sì, le immagini erano bellissime, accattivanti, mi rapivano nel loro susseguirsi pieno di ritmo ed energia, ma le sentivo ugualmente stonate, stridenti, discordanti rispetto ai miei sentimenti e alle mie sensazioni, a tutta me stessa. Provavo disagio anche davanti a quelle che mi piacevano di più, ma mi era impossibile definirne il motivo.

Cominciai a capire quando, dopo un intervallo, iniziò la seconda parte del film.

La musica. Era la musica. Almeno in parte. Troppo solenne, fino a diventare tronfia, arrogante, presuntuosa. Come il nazismo.

Non potevo non paragonarla alla bellezza del *Trillo del diavolo*, alla musica classica e alle canzoni popolari che Linzie usava per gli esercizi, ai brani dei dischi che ascoltava papà. Questa suonava estranea alle mie orecchie. Ma non si trattava solo di questo. Compresi ancora meglio i motivi del mio disagio quando comparve sullo schermo una scritta.

Onore e gloria alla gioventù di tutto il mondo.

Alla gioventù di tutto il mondo? Anche a quella ebrea? O a quella arrestata, picchiata o rinchiusa nei campi di concentramento?

Sì, non avevo ancora dieci anni ma avevo imparato in fretta a riconoscere falsità e ipocrisia.

Poi, a una successiva sequenza arrivò, luminosa e abbagliante, la comprensione completa. Le braccia tese nel saluto nazista. A centinaia, a migliaia, a decine di migliaia, a milioni. Una marea di braccia tese. Negli stadi, per le strade, tra gli atleti. Un gesto reso obbligatorio e pauroso.

Ognuna di quelle braccia poteva benissimo appartenere alle persone che avevano portato via Hans ai suoi genitori, avevano arrestato mio padre, avevano distrutto il mio mondo. Magari senza agire di persona, ma limitandosi a girare il capo dall'altra parte per non vedere, turandosi le orecchie per non sentire e tappandosi la bocca per non parlare, se non per pronunciare a piena voce "Heil Hitler". Milioni di scimmiette che non erano sagge, ma solo ipocrite e opportuniste. Gente normale, terribilmente normale, gente che incontravi per strada tutti i giorni e che probabilmente avrebbe assistito senza problemi alla mia morte, se si fosse scoperto chi ero veramente. Quel film era dedicato alle Olimpiadi, ma in realtà celebrava il nazismo.

Mi agitai a disagio sulla poltroncina. Cercai di stare ferma quando colsi nella semioscurità una muta occhiata di disapprovazione di Linzie. Il film aveva smesso di piacermi e quando alla fine comparve sullo schermo una campana che, con l'aquila del Reich incisa in piena evidenza, suonava a distesa, mi sembrò veramente che stesse suonando per un funerale. Quello dei sogni, dei desideri, delle speranze e delle fantasie della mia infanzia e di quella di milioni di bambini come me.

Quando, subito dopo, le luci si riaccesero in sala sbirciai l'orologio appeso a una parete. Il film era durato più di tre ore. Leni fu la prima ad alzarsi.

«Ho preparato di là un piccolo rinfresco per festeggiare. Venite».

La seguimmo e lei mi fermò appena mi mossi.

«Allora, piccola Fiordaliso, che dici del mio film?»

Recitare, recitare, fingere. Dovevo fingere. Sorrisi. Non ebbi bisogno di mentire.

«Bellissime le immagini degli atleti. Specialmente delle ginnaste».

Leni rise approvando con il capo.

«Ero sicura che ti sarebbero piaciute».

Poi fece cenno a me, Brigit e Linzie di affrettarci per raggiungere gli altri. Ci trovammo in un salone. Contro una parete, un tavolo con cibi vari. Un quartetto d'archi suonava in un angolo. Guardai meglio gli uomini e le donne che erano con noi. Apparivano tutti eleganti. Tra loro spiccavano alcune divise. Qualcuna nera. Gestapo. Leni mi spinse verso il tavolo. Mi fece riempire un piatto di cibo dal cameriere e mi porse un bicchiere.

«Champagne. Te lo sei meritato».

Non lo avevo mai bevuto. Lo feci quella sera. Praticamente tutto d'un fiato. Sentii la testa diventare leggera e i miei problemi e le mie ansie farsi lontani e insignificanti, come se li guardassi attraverso un binocolo capovolto. Ricordai le parole di Linzie e riuscii benissimo a recitare e a fingere. Mille volte. Arrossii vezzosamente, feci inchini aggraziati, sorrisi, risposi educatamente a tutti. Sì, mi chiamavo Ester Schmitz ed ero la bambina che aveva portato i fiori a Hitler. Un esemplare perfetto della razza ariana. Fino al momento in cui si avvicinò a me uno degli uomini della Gestapo. Era molto più alto di me, i capelli neri, la divisa perfetta, il viso accuratamente rasato attraversato da una cicatrice sulla guancia destra. Mi fissò con attenzione.

«Così tu saresti la bambina che ha portato i fiori a Hitler».

Stavolta lo champagne non mi aiutò. Una paura improvvisa mi strinse lo stomaco e rese insopportabile la voglia di fare la pipì che mi tormentava da un po'. Provai a esibirmi nella solita riverenza che per la prima volta nella serata mi riuscì sbilenca. Sentii la mia voce, come proveniente da una galassia lontanissima, cinguettare: «Sì, *Herr Hauptmann*».

L'uomo sorrise. «Conosci anche i gradi militari? Brava».

Avevo detto un nome a caso, uno di quelli sentiti più volte, e avevo indovinato. Non so perché, ma mi sembrò di aver fatto uno sbaglio. Avevo la sensazione che non fosse opportuno apparire troppo intelligente. L'uomo non smise di fissarmi.

«E come ti chiami?»

Lo sapeva. Era impossibile che non lo sapesse. Avevo risposto mille volte durante la serata a quella domanda. Ester Schmitz, Ester Schmitz, Ester Schmitz. Sotto il suo sguardo, gli occhi fissi sulla cicatrice, lo stimolo di fare la pipì sempre più impellente, tanto da farmi temere di farmela addosso, provai l'impulso violento di urlare il mio vero nome. Ester Zweig. Terrore. Terrore puro. Improvvisamente però tra me e lui si intromise una donna, giovane ed elegante.

«*Hauptmann* Meyer, con tutto quel nero addosso spaventa questa bambina. Venga piuttosto a offrirmi una coppa di champagne».

Lo prese sottobraccio e lo allontanò da me. Linzie, che aveva visto la scena, nel frattempo si era avvicinata.

«Adesso ce ne andiamo».

Leni, poco più in là, la sentì e scosse il capo.

«Non subito, in cortile c'è una sorpresa. Sarà lei a portarvi a casa».

Io chiesi scusa e mi precipitai in bagno. Mi stavo lavando le mani quando mi trovai accanto la signora che aveva portato via l'uomo della Gestapo. Mi porse la mano.

«Mi chiamo Greta e sono una giornalista».

Poi il suo viso si fece serio.

«Stai attenta, piccola Ester. Stai giocando a un gioco pericoloso. Anche se penso che tu, la tua amica e la maestra abbiate poca scelta».

Recitare e fingere. Sentivo di avere superato il momento di panico, non avevo più voglia di fare la pipì e questa donna non mi faceva paura. La fissai negli occhi.

«Non capisco di cosa stia parlando, *Fraülein* Greta».

Lei rise.

«Penso invece che tu lo sappia molto bene. Ma non devi avere paura. Sono dalla tua parte».

Frugò poi nella borsetta e mi porse un biglietto da visita.

«Tienilo. Potrebbe servirti».

Rientrai nel salone. Linzie e Brigit mi stavano aspettando e ci accodammo alla gente che stava scendendo le scale. Nel cortile del palazzo, illuminata da una serie di potenti lampade, stava un'automobile piccola, nera, tozza, di aspetto sgradevole, i fari come occhi cisposi e lacrimosi. Leni, in piedi su uno degli ultimi gradini della scala, chiese il silenzio e poi la indicò.

«L'auto per tutti, voluta dal nostro Führer. Questa è solo un prototipo, ma voglio presentarvela usando le sue stesse parole».

Aprì un foglietto che aveva in mano e cominciò a leggere.

«Finché l'automobile resterà privilegio esclusivo della

classe benestante, per tutti gli altri milioni di bravi lavoratori tedeschi sarà amara la sensazione di sentirsi esclusi dalla possibilità di utilizzare questo mezzo di trasporto. Dobbiamo togliere all'automobile il carattere di privilegio e il valore di spartiacque che ha assunto tra le fasce sociali! Quando sarà prodotta, tutti i tedeschi potranno comprarla. Sarà l'auto del popolo. La Volkswagen».

Fece un cenno verso di noi.

«È tardi. Le bambine devono andare a letto. Potranno andarci con questa auto».

Scoppiò un applauso.

13
Cena per due

«Tutto questo parlare… si è fatto tardi».

«Oh sì… chiedo scusa. Vorrà riposare, *Frau*».

No, non voglio riposare. L'onda si è sollevata. L'onda che contiene tutto. Il mio passato che è ancora presente. I ricordi si sono fatti così vividi, così intensi. Chi dice che si ricorda in bianco e nero? I vestiti che descrivo, le strade, i cibi, le case, gli occhi delle mie compagne di ginnastica, i loro sorrisi. Tutto a colori.

«No, Franz. Non voglio riposare. Voglio mangiare. Voglio bere del buon vino. Vuoi farmi compagnia?»

«Oh… sarebbe bellissimo. Voglio dire, se non disturbo».

La risata mi esce quasi fragorosa. Mi spavento. Forse spavento anche lui. Ma no, è un giovane. I giovani non hanno paura dei vecchi. Li compatiscono solamente perché sanno che sono vicini alla morte. Dovrebbe essere così. I vecchi muoiono, i ragazzi vivono. Dovrebbe.

Mi alzo e vado in cucina. Franz non sa se seguirmi e così gli faccio cenno con la mano indicando la vecchia credenza.

«Quello che serve per la tavola è lì».

Franz si volta per cercare quello che indico e allora lo noto! Un balzo al petto così forte che devo appoggiarmi al muro del corridoio. Quel modo di muovere la testa, quel tirarsi del collo mentre il mento forma la punta di una freccia. Io l'ho già visto. L'ho visto non una ma mille volte! Non è possibile!

«Che bei bicchieri! Sono antichi?»

Respiro forte e mi do della stupida. I vecchi hanno spesso delle visioni. I vecchi cercano in ogni dove qualcosa che gli restituisca un tempo felice.

«In un certo senso. Erano di mia nonna. Non so come sia riuscita a salvarli».

Il tavolo della cucina è pulito e lucido. Potrei preparare un'insalata accompagnata da formaggio. Guardo il lavello ordinatissimo, il frigorifero lucido, lo scolapiatti con un bicchiere appoggiato sopra, e una specie di frenesia mi assale.

Sono una sopravvissuta e quasi tutti quelli che hanno avuto la mia sorte hanno voluto una vita senza gioia o una gioia affogata nella tristezza. Quanti libri ho letto sull'argomento! Le testimonianze, le interviste, i documentari nel giorno della memoria. Questa mia memoria che oggi ha rubato la memoria di altri. Oggi sto vivendo molte vite, quelle che non hanno avuto la possibilità di invecchiare, di dormire e di svegliarsi pensando al giorno che sarà. Le vite di Linzie, di mio padre, di Julius, di mia madre, di Brigit. Quanto mi mancano.

Apro le ante dei mobili e cerco. Cerco anche nella memoria e arrivano gli odori e i sapori delle *bestile* fritte. Sorrido. È facile sorridere pensando alle *bestile*. I passi di Franz sono vicini.

«Posso aiutare?»

Lo guardo e la sua giovinezza mi pare tutto il bello possibile.

«Voglio fare le *bestile* fritte. Come quelle che mi cucinava mio padre».

«Le *bestile*?»

«Qui le chiamano *banatachs*! Papà le cucinava a Pesach, la Pasqua ebraica. Oh, sì. Le cucinava e raccontava la storia degli ebrei e del faraone. Le preparava e sorrideva, e io lo guardavo e pensavo a quanto il mio papà fosse perfetto».

«Oh, *Frau*...»

È la seconda volta che mi chiama "signora".

Metto a bollire le patate mentre Franz sbatte un uovo con la forchetta. È un po' goffo e la forchetta a volte gli scivola dalla mano. La cipolla da tagliare sottile, il macinato da scongelare, il soffritto e poi la carne insaporita con sale e pepe. Le patate ridotte a purè che poi con il cucchiaio diventano palle da tennis. Dentro ogni palla un cucchiaino di carne. Chiuse bene e passate nell'uovo e nella farina, infine fritte in abbondante olio bollente.

La cucina diventa odorosa, disordinata, rumorosa, felice. Una cucina felice di avere le *bestile*.

Franz le gira con attenzione con un cucchiaio di legno, mentre io preparo la carta per i fritti. Non ne ho di carta così. Non friggo da mille anni. Prendo della carta da cucina e la metto in un piatto. La prima *bestile* dorata è sul piatto. Oh, è meravigliosa. Mio padre la teneva per me. Segnava la prima *bestile* con uno stecchino e quando erano pronte e ci sedevamo a tavola, quella con lo stecchino era per me. La prima cosa di tutto. La prima ciliegia, il primo gelato della stagione, il primo fiore sbocciato sul vaso del davanzale. Sapeva farmi sentire speciale. Mio padre.

Una musica arriva improvvisa. Mi ritrovo a guardare il soffitto e poi al di là in un cielo stellato.

«Spero non le dispiaccia. Ho visto il grammofono e ho trovato i vinili. Sono fantastici. Ne sono appassionato».

Il piano di Erwin Schulhoff! Mio padre aveva comprato il disco proprio a teatro dopo una sua esibizione. Mi disse: «Musica nuova, eppure piena di passato».

Il jazz era entrato nella mia vita. Lo ascoltavo il pomeriggio, prima che papà andasse al lavoro, e qualche volta ballavo usando le mie scarpe da ginnastica. Inventavo passi e movimenti e papà mi applaudiva. Poi fu considerata "musica degenerata" e il nome di Erwin Schulhoff entrò nel *Dizionario degli ebrei in musica* e così non poté più suonare pubblicamente. Il Reichsmusikkammer aveva il compito di controllare attentamente il mondo della musica nei vari ambiti e Strauss fu il suo primo presidente, voluto da Goebbels in persona. Così mio padre mi proibì di ascoltare jazz. Ma seppi più tardi che prima di tornare a casa dal lavoro, a volte, portava la sua bicicletta nel Kurfürstendamm, il grande viale pieno di locali e di club, dove spesso, al *Delphi*, si esibiva Heinz Weber.

«Ne sono appassionata anch'io» gli dico solamente.

Non sto a spiegare perché. Non serve spiegare perché si ama la musica, tutta, e perché questa vibrazione dell'universo che unisce tutti un tempo fu proibita. Difficilmente capirebbe chiunque non abbia vissuto dentro un regime che vuole sopprimere anche la tua anima. Difficilmente potrebbe capire.

«Apri il vino, Franz!»

Lui guarda la bottiglia che gli porgo e sgrana gli occhi.

«Un Sagrantino di Montefalco. Un vino italiano. Che bellezza».

«Non c'è festa senza vino. È un dono di tanti anni fa. Il dono di una terra che è solo da amare. La sera giusta per dargli vita».

E in effetti è così. La sera giusta per far festa. Il liquido scende nei bicchieri. È sanguigno. Il profumo sa di viola e di rosa. Alziamo i calici e dopo il primo sorso mi sento rilassare.

Così ci sediamo a tavola, una tavola per metà ingombra di piatti e tegami. Le *bestile* sono pronte nel piatto. Ne conto undici. Una festa. Una festa per me. Franz aspetta. È curioso e anche affamato. Ne prendo una con le mani. Scotta. Vi soffio sopra e sorrido. Lui fa altrettanto facendo saltellare la *bestile* sulle mani. Ride. Che festa! La addento e so che mi scotterò il palato, ma non fa nulla. Il sapore arriva subito, esplode fragrante e genuino. No, non devo fingere più. È stato gravoso imparare a "far finta di", ma ancora più faticoso è stato cercare di smettere di farlo.

14
Saluto nazista a scuola tutte le mattine

A Stoccarda finimmo in una sorta di paese modello appena costruito dai nazisti dove Linzie aveva ottenuto di insegnare ginnastica nella scuola materna. Casette tutte uguali, ognuna con il suo giardino e il suo orto. Ne avevamo una tutta per noi. Strade ordinate, pulitissime. Una specie di paradiso in terra, almeno stando alla propaganda. Pulizia, ordine, tranquillità, bandiere con la svastica esposte su ogni facciata. Ne fu data una anche a noi. Linzie la mise subito in bella vista.

Pochi giorni dopo io e Brigit tornammo a scuola e in breve riprendemmo anche la ginnastica ritmica. Ben presto si unì a noi un gruppetto di bambine più piccole. Ci guardavano con occhi sgranati quando facevamo i nostri esercizi.

La mia notorietà nel paese aumentò ancora quando a scuola venne proiettato un film dedicato alle Olimpiadi. Comparivo anch'io mentre offrivo i fiori a Hitler.

Fui applaudita.

Una delle mie compagne mi fece una domanda: «Ma tu sei la figlia di Hitler?».

Frau Rottenbrok, la maestra, la rimproverò. Fu gentile ma il tono era scandalizzato.

«Steffi, non dire stupidaggini! Hitler non ha figli. Non

deve averne. Lui appartiene alla Germania. I suoi figli siamo noi tedeschi».

Già, la maestra. Non era arrivata per caso lì, dove sovente veniva gente del cinema a filmare il villaggio nazista modello. Era una hitleriana fanatica, saluto a braccio teso e "Heil Hitler" tutti i giorni, all'entrata e all'uscita da scuola. Mi resi conto subito che con lei dovevo fingere ancora più che con gli altri.

Per fortuna ero brava a disegnare. Così finì per affidare soprattutto a me il compito di realizzare i disegni che poi venivano appesi in aula o nei corridoi della scuola. Uno fu pubblicato anche sul giornale locale. Rappresentava un'aquila nazista che reggeva tra gli artigli una svastica. Sotto, una foto di Hitler circondata da una cornice che Brigit mi aveva aiutato a colorare. Avevo riprodotto anche una delle sue frasi:

La miglior guida per la gioventù tedesca è il suo Führer, Adolf Hitler.

Linzie mi lodò di fronte a tutti. Brigit applaudì. Eravamo diventate vere maestre nel recitare. Tre attrici. Eppure non era semplice, almeno per me.

Quella che consideravo la Ester vera, quella che cercavo di tenere accuratamente nascosta, era come se guardasse con distacco l'altra Ester, quella che di cognome non faceva più Zweig ma Schmitz, la bambina che aveva portato i fiori a Hitler, disegnava svastiche, faceva il saluto nazista e gridava "Heil Hitler" a piena voce. A questa Ester il padre e la madre apparivano come figure sfocate, lontane, estranee addirittura. All'altra invece era sufficiente un nulla, uno spezzone di musica proveniente da una radio, un profumo di foglie, una parola, il semplice gesto di un passante sconosciuto perché sentisse scatenarsi in lei tristezza e sconforto. Vivevo come spaccata in due in un continuo sogno, a cui la realtà ogni tanto presentava il conto.

Un giorno, uscendo da scuola, io e Brigit notammo del trambusto in fondo alla strada. Poi comparvero alcuni uomini, vestiti normalmente, ma con una fascia con la svastica al braccio. Stavano picchiando e spintonando un altro uomo, che avanzava barcollando sotto i loro colpi. Sanguinava dal naso e dalla bocca, aveva i vestiti strappati. Al collo aveva un cartello con una scritta:

Sono ebreo. Non dovevo venire qui.

Ben presto il gruppo sparì in fondo alla via tra gli applausi dei presenti, mentre due poliziotti assistevano alla scena senza intervenire.

Stavo per allontanarmi terrorizzata e inorridita, cercando disperatamente di non scoppiare a piangere davanti a tutti, quando vidi due piccoli oggetti biancheggiare sul selciato. Denti, la lunga radice spezzata e insanguinata. Rimasi a fissarli come ipnotizzata pensando a mio padre, a me, a Julius, a Brigit, a Linzie, ai rischi che stavamo correndo, alle persone che mi sorridevano ed erano gentili con me soltanto perché non sapevano chi fossi.

Fu Brigit a trascinarmi via. Quella sera Linzie ci spiegò ciò che era successo.

«Quell'uomo è il padre di due ragazzi che abitano qui con la madre da cui si è separato e che si è risposata con un tedesco. Voleva vedere i figli, anche se gli era stato proibito.

La sua ex moglie ha chiamato la polizia. Il problema è che in questo modo ha rivelato che i due ragazzi sono figli di un ebreo. Prima non lo sapeva nessuno».

La sera stessa comparve sulla porta della loro casa una scritta, nemmeno troppo originale: "Luridi giudei". Contemporaneamente qualcuno staccò dalla facciata la bandiera con la croce uncinata. Nei giorni seguenti i due ragazzi vennero insultati, aggrediti e picchiati, a scuola e per strada. Una mattina poi trovarono il loro giardino ricoperto di immondizia e sterco. Un paio di settimane dopo li vedemmo traslocare insieme alla madre.

La maestra in classe fu sbrigativa nel commentare l'accaduto: «È meglio per tutti noi che se ne siano andati».

La vicenda era troppo simile alla mia e quella volta la vera Ester non ce la fece a rimanere nascosta.

«Però, secondo la legge, avevano il diritto di rimanere. Anche se erano *Mischlinge*. La loro madre si era separata dal marito ebreo e risposata».

La maestra mi guardò con condiscendenza.

«Ti scuso perché sei ancora piccola. È vero, forse la legge permetteva loro di rimanere, ma c'è qualcosa di più importante della legge degli uomini. Quella del sangue. E loro ci avevano ingannato portando tra noi, in silenzio e con l'inganno, il loro sangue impuro. Questo è un villaggio nato per gli ariani. Non potevano rimanere qui».

Tacqui. La sera ne parlai con Linzie, che mi rimproverò.

«Avresti fatto meglio a tacere. Questo villaggio può anche sembrare un paradiso in terra, ma resta sempre una finzione. È avvelenato, come tutto il resto della Germania».

Non proseguì, ma compresi benissimo quello che avrebbe voluto dire.

«Ecco perché è meglio che i vostri genitori non sappiano dove siete. Se per caso si facessero vivi, faremmo la fine dei due ragazzi e della loro madre». Aggiunse poi con un sorriso: «Non volevo dirvelo, ma qui è arrivato anche Julius. Verrà a trovarci uno di questi giorni».

Battemmo le mani saltellando e lanciando grida di gioia. Lei ci zittì.

«Dovete assolutamente ricordare di non chiamarlo con il suo vero nome. Mai. Nemmeno quando siamo tra noi. Julius deve sparire per sempre».

Recitare ancora. Otto, che fino a poco prima era Julius, venne l'indomani. Era diverso. Si era tagliato la barba e schiarito i capelli. Sembrava veramente un ariano. Ci abbracciò.

«Perché non hai il violino?» chiese Brigit quando fummo seduti davanti a una tazza di tè.

«Non suono più, anche se mi spiace. Troppo pericoloso. Otto è un autista, non un violinista, e deve dimenticare la sua vita precedente».

Brigit insisté: «Allora potevi andare all'estero, se volevi continuare a suonare».

Lui annuì: «Sì, avrei potuto farlo».

«E perché non l'hai fatto?»

Julius sorrise, guardò Linzie, l'abbracciò e baciò.

«Indovina» disse. Poi si fece serio. «Ma non l'ho fatto solo per lei. Sì. Potevo emigrare. Negli Stati Uniti. Ho il visto. A quanto ne so è ancora valido. Ma solo perché sono bravo con il violino e qualcuno si è dato da fare per me. Altrimenti me l'avrebbero negato come a migliaia di altri ebrei. Non mi è sembrato giusto approfittarne».

Fissò Linzie sorridendo.

«E comunque non avrei avuto compagnia nel viaggio».

«E perché?»

Loro due si guardarono ancora abbracciati e non risposero. Fui la prima a capire: Linzie era rimasta per noi. Solo per noi. Corsi ad abbracciarla anch'io. Brigit mi seguì. Linzie si rivolse a Julius per rompere il silenzio commosso e imbarazzato che ci aveva avvolto.

«Non mi hai ancora detto cosa si produce nella fabbrica in cui lavori».

«Concimi chimici. Li portiamo in tutta la Germania. Io guido uno dei camion».

Il suo viso si fece improvvisamente pensieroso.

«Nei giorni scorsi però hanno riaperto un reparto chiuso da parecchio tempo. Quando ho chiesto il perché mi hanno detto di farmi gli affari miei. Però ho scoperto che durante la guerra lì si produceva uno dei gas asfissianti usati sui campi di battaglia, l'iprite. Si dice che abbiano ripreso la produzione in previsione di un altro conflitto».

Scoprii anni dopo che Julius aveva ragione solo in parte. Sì, in quel reparto stavano veramente producendo un gas letale. Si chiamava Zyklon B e non fu mai usato in guerra, ma per uccidere gli ebrei nei lager. Era stato studiato da un certo Fritz Haber, un chimico che aveva trovato il modo di rendere l'iprite più letale e aveva vinto anche un premio Nobel. Era ebreo. Il paradosso di un ebreo che perfeziona un gas che servirà a uccidere gli ebrei.

Julius cominciò a venire da noi tutte le volte che non era in viaggio. Una volta portò uno strudel. Quella sera, mentre fuori pioveva, ci sembrò per un momento di essere tornati nella pasticceria dei Reuband.

Pochi giorni dopo, davanti alla nostra casa si fermò un'auto. Ne scesero Leni Riefenstahl e Greta, la giornalista che avevo conosciuto l'ultimo giorno che eravamo rimaste a Berlino. Quella che sapeva chi eravamo veramente Brigit e io. Mi spaventai. Non sapevo cosa volessero. Temevo che il nostro segreto fosse stato scoperto. Loro sorridevano. Poi pensai che se veramente fossimo state smascherate sarebbe venuta la Gestapo, non loro. Non bastò a rassicurarmi. Ero convinta che non fossero lì per caso, né per una semplice visita di cortesia. Quando Leni mi abbracciò tremavo. Lei non se ne accorse. Greta invece capì e riuscì a sussurrarmi all'orecchio poche parole.

«Non preoccuparti. Va tutto bene».

Linzie le fece entrare, un'espressione tra l'incuriosito e il preoccupato in viso. Leni fu, come sempre, sbrigativa ed efficiente.

«Sediamoci e tu, Linzie, offrici un tè. È stato un viaggio lungo e faticoso. Dobbiamo parlare».

Quando il tè fu pronto, ne bevve qualche sorso e poi posò la tazza.

«Il tuo amico, Otto, mi pare che si chiami, non c'è?»

Linzie arrossì.

«È via per lavoro. Tornerà tra qualche giorno».

«Non ha importanza. Gli spiegherai tutto tu».

Riprese la tazza in mano.

«Mi sono resa conto che voi, anche se non siete sposati ed Ester e Brigit non sono le vostre figlie, avete veramente l'aspetto di una perfetta famiglia ariana. Più di tante famiglie vere. Io e Greta vorremmo raccontare la vostra vita. Io mi occuperò delle riprese cinematografiche. Lei della carta stampata. Insieme costruiremo una bellissima storia. Una parte non piccola del grande racconto della Germania contemporanea, quella del Terzo Reich, che ho iniziato con il film sulle Olimpiadi. Una narrazione che resterà negli anni».

15
L'amore rende diversi

L'amore rende diversi. Forse un ingrediente dell'amore è la trasformazione, come l'alchimista che ha trovato il modo di mutare il piombo in oro. La linfa vitale di ogni vita felice.

Lo pensavo, anche se in termini diversi, quando guardavo la mia maestra. Linzie era raggiante. Nonostante tutto. Così Julius-Otto, che sembrava rapito da qualche entità sovrannaturale ogni volta che Linzie gli era vicino. Io e Brigit sapevamo esattamente quando Julius-Otto sarebbe tornato dal lavoro perché Linzie si aggiustava i capelli, si toglieva i pantaloni da ginnastica e indossava la gonna e le scarpe con il tacco, si metteva il rossetto. Il fatto del rossetto ci faceva morire dal ridere. Cosa se lo metteva a fare se di lì a poco sarebbe sparito, anzi sarebbe stato trasferito sulla faccia di Julius-Otto? Si baciavano e ridevano. Poi si baciavano di nuovo e non ridevano più. Al tramonto ci portavano a fare una passeggiata. Julius-Otto, Linzie, Brigit e io. Molti ci guardavano e annuivano con soddisfazione. Una bella famiglia. Una bella famiglia ariana che dedicava tempo allo sport come il nostro Führer ordinava, alla vita all'aria aperta, al prestigio della razza superiore.

Leni e Greta filmavano le nostre passeggiate e poi scattavano fotografie ai bambini che eseguivano gli esercizi di ginnastica ritmica, alle donne che adornavano con svastiche le fotografie di Hitler appese anche negli orti, agli uomini che tornavano dal lavoro accolti dalle mogli e dai figli. Stavano pensando a una storia colossale, ma nessuno sapeva cosa avessero in mente.

La mia vita a Stoccarda procedeva così quasi normale. Il mio "far finta di" era diventata una seconda natura e mi destreggiavo molto bene nel chiamare Linzie *Tante*, zia, e Julius-Otto *Lieblingsonkel*, lo zio preferito.

Così tremai quel giorno ancora freddo di un marzo che minacciava neve, in cui durante una cena a casa Leni mi chiese ancora quanti anni avessi.

Non sapevo cosa rispondere. Cioè, io sapevo di avere dieci anni, ma ogni domanda, ogni richiesta sulla mia persona mi riportava al terrore di Berlino, al mio essere mezza ebrea.

Linzie rispose senza titubanza.

«Ne ha dieci».

«Ah, ecco! Lo sapevo io che c'era qualcosa che non andava!»

Che io tremai, lo so di sicuro. Battevo i denti nel cucchiaio e la zuppa non ne voleva sapere di scendere nell'esofago. Riuscii a stento a mettere il tovagliolo davanti alla bocca e ad evitare di vomitare.

«Hai ragione, Leni, devo tagliarle i capelli. Così non vanno bene».

La risposta di Linzie che parlava e rideva mi giungeva da un altro pianeta. Un pianeta dove ognuno poteva essere ebreo, zingaro, mezzo ebreo o quello che gli pareva e poteva ugualmente fare il bagno nel fiume, andare a scuola, giocare con le bambole, correre a perdifiato, avere il padre che l'aveva fatto nascere e che cucinava le *bestile* fritte.

«Ma no!!! I capelli le stanno benissimo così. Fiordaliso è bellissima e perfetta. E anche Brigit ha gli occhi azzurri più azzurri che abbia mai visto. Ma siete fuorilegge».

Dal mio pianeta meraviglioso che si sgretolava sotto i piedi, vidi Linzie irrigidirsi. Vidi Brigit guardare sotto il tavolo, vidi Julius-Otto socchiudere gli occhi.

«Ehi, ma le bambine devono entrare nella *BDM*, vi siete dimenticati? Non si può vivere solo d'amore, si deve pensare seriamente al loro futuro. E anche al vostro. Dovete sposarvi! Sì! Zitti zitti zitti... alle bambine ci penserò io. Le accompagnerò io alla sede. Domani stesso. Devono iscriversi subito. Così filmerò qualche esercitazione. Non si sa mai, potrebbe servirmi per il mio prossimo film. Hitler mi ha dato carta bianca. Voglio farlo rimanere strabiliato. Stra-bi-lia-to! Ah ah ah».

Era un fiume che si tuffava nel mare. Leni Bertha Amalie Riefenstahl era fatta così: poteva stare ore silenziosa e scura in volto, poi d'improvviso gettava fuori parole senza fermarsi e senza riprendere fiato.

«Bisogna pensare alla divisa delle bambine. Devo informarmi. Ci deve pur essere una sarta qui. Comprare la stoffa, prendere le misure, trovare la sarta. Devono essere perfette. Le voglio riprendere mentre marciano. Eh, cosa ne dite?»

Finalmente mise il cucchiaio in bocca e riprese a mangiare e il suo sguardo si allontanò da noi tutti. Io ero tornata nel pianeta del "far finta di", Brigit aveva trovato qualche briciola di pane sulla tovaglia con cui giocare, Linzie aveva ricominciato a respirare regolarmente e Julius-Otto affettava il pane con il coltello.

La *BDM*, *Bund Deutscher Mädel*, la lega delle ragazze tedesche o, più precisamente, la *Jungmädel* per le bambine dai dieci anni. Obbligatoria, se non volevi essere emarginata e persino picchiata. La sorella di Brigit ne aveva fatto parte e sicuramente ne faceva ancora parte. Anche noi dovevamo cantare gli inni a Hitler e salutare la bandiera.

Una paura finiva e ne cominciava una più grande, alla quale non volevo pensare.

Brigit evitava di guardarmi. Sempre più difficile. Sempre più terribile il "far finta di".

«Poi vi lascerò! Oh, come vorrei poteste venire con me! Parigi, Roma, Vienna, Hollywood!!!»

Linzie sobbalzò. Leni credette fosse per il dispiacere di separarsi, ma io sapevo bene a cosa stava pensando. Andare con lei avrebbe significato la salvezza per tutti noi. Senza di lei sarebbe stato più difficile evitare i controlli.

«Cara... tornerò presto. Dobbiamo fare tante cose insieme. Vi svelo un segreto! Dopo il successo che sicuramente avrà il mio *Olympia*, il nostro Führer non mi rifiuterà nulla... mi ha già dato la chiave del suo appartamento come segno di gratitudine. Ci pensate?»

Strizzò un occhio verso Linzie, cercando complicità. Poi mi guardò.

«Su, Fiordaliso, tesoro. Non essere triste. I tuoi sogni si realizzeranno, magari in modi che non immagini. Anch'io avevo dei sogni, sapete? Ero una ballerina famosa, bella, ammirata. E poi... il mio ginocchio. Una ballerina non può fare a meno di un ginocchio perfetto, non trovate? E così ho dovuto lasciare la danza, ma come vedete il successo è arrivato lo stesso. Ha ragione il nostro amato Führer... la gioventù tedesca deve ritrovare la determinazione, deve scolpire la propria mente sulla base di queste idee: forza, vitalità, sprezzo del pericolo».

Il suo sguardo era diventato sognante, come quello di tante donne e di tanti uomini quando parlavano di Hitler. Il sogno di un mondo dominato dal popolo tedesco. Il popolo perfetto.

Julius-Otto le sorrise assaporando il purè di ceci che Linzie aveva cucinato.

«Ottima idea, Leni. Le bambine saranno delle *Jungmädel* meravigliose. Potranno insegnare ginnastica ritmica alle altre».

«Fantastico! Certo Otto, come ho fatto a non pensarci prima! E per le prossime Olimpiadi io realizzerò qualcosa di mai immaginato. Andremo in Giappone... tutti insieme. Che bellezza! Voglio 300 operatori, non 170 come per *Olympia*, 300 operatori tutti per me!»

La sua voce, il suo tono erano elettrici. Come se un serpente le vivesse dentro. Come una bambina davanti a un negozio di giocattoli. E in fondo era così. Tutti noi eravamo i suoi giocattoli, ciò che le serviva per le sue riprese, per i primi piani, per gli sfondi. Cose sue. Decideva cosa dovevamo fare, cosa mangiare, quando dormire e quando recitare. Non sapeva solo una cosa: che noi recitavamo sempre.

E così *Frau* Herta ci cucì le gonne blu lunghe, le camicie, i fazzoletti neri da tenere al collo, e Leni ci portò gli anelli di legno per legarli.

La sede della *Jungmädelbund* era a poche centinaia di metri dalla casa. Potevamo comodamente andarci a piedi. Eravamo in ventuno comprese io e Brigit. Le ultime arrivate. La nostra leader era una ragazza con le trecce, alta, magrissima e senza sorriso. Ci disse di avere dodici anni e ce lo disse come se ne sentisse venticinque. Fu Leni ad accompagnarci e a presentarci e a consegnare i documenti. Tutti i tedeschi conoscevano Leni. Ai nostri documenti fu data un'occhiata e poi furono riconsegnati a Linzie che ci teneva per mano. Leni in quella occasione aveva una macchina fotografica e non finiva più di farci mettere in posa con le bandiere sulla spalla, con le bandiere tenute in alto a vessillo, con le bandiere tenute come fossero lance. Io sudavo e cercavo di seguire ogni cosa che mi diceva. Brigit sembrava invece come addormentata.

Dopo un paio di settimane in cui il tempo mi sembrava scorrere in modo uniforme, come se fossi stata deposta su un carrello trasportato da altri a loro piacimento, venne il momento in cui, con la mano alzata e il braccio teso, davanti alla bandiera nazista dovemmo ripetere la formula del giuramento almeno venti volte per imprimerla bene nella memoria.

Signore, proteggi con mano ferma il nostro popolo e la nostra patria, illumina il cammino del nostro Führer con il tuo favore e la tua grazia.

Dopo aver marciato su una strada sterrata con il vento gelido a tagliarci la pelle per almeno un'ora, tenendo la bandiera sulla spalla sinistra, tornavamo presso la sede, un locale a piano terra in cui erano conservate delle assi di legno per farne probabilmente tavoli e sedie, pieno di fotografie del Führer, di bandiere e di vessilli con aquile dalle ali aperte, e ascoltavamo la lettura dei discorsi del capo della Gioventù Hitleriana von Schirach. A ogni discorso-lettura dovevamo applaudire.

Alla fine della seconda settimana, il giorno prima del nostro giuramento, la nostra leader all'improvviso si calò come un falco tra noi che stavamo tranquillamente sedute ad aspettare la lettura, prese per un orecchio una bambina e la trascinò davanti a tutte noi. Lei piangeva e si dimenava. Non capivo cosa stesse accadendo e la paura cominciò a serpeggiare dentro di me.

La leader disse a voce alta: «C'è una traditrice tra noi! Una serpe velenosa che con il suo veleno vuole uccidere il nostro sacro padre, il nostro Führer».

Il silenzio sembrava irreale. Non c'era alcuno che respirasse. Io trattenevo la saliva e non volevo deglutirla. Vicino a me Brigit fissava la parete con la svastica.

«Chiedi perdono davanti al sacro libro di quello che hai detto o verrai subito espulsa e nessuno vorrà più neppure calpestare la terra dove cammini!»

La voce della leader era diventata solenne. Non urlava più. Recitava e gli occhi non erano sognanti bensì erano diventati vuoti. Completamente vuoti.

La bambina smise di piangere e baciò il libro scritto da Hitler, il *Mein Kampf*. Poi si inginocchiò e chiese perdono, e ricominciò a piangere.

Fu a quel punto che la leader prese un paio di forbici e si avvicinò alla bambina.

Brigit tossì, ma nessuno la guardò. Io volevo fuggire eppure rimanevo con gli occhi incollati. Mirta, una bambina che mi stava accanto, singhiozzò. Non sapevo bene cosa stesse per accadere, ma tutte quante sapevamo che stavamo per assistere a un qualche orrore.

Sentii una mano che prendeva la mia. Era quella di Mirta. La strinsi forte in cerca di calore. Fu allora che mi sussurrò: «Qualcuno ha fatto la spia. Helene ha detto che i discorsi di von Schirach sono tutte sciocchezze. È inaudito! Qualcuno lo ha riferito alla leader. Io però non sono stata».

Ecco cos'era! Non era ebrea Helene, neppure mezza ebrea. Aveva detto che il capo della Gioventù Hitleriana scriveva sciocchezze. Mi sentii come sollevata. In fondo non era gravissimo. Non era da pena di morte. Mirta continuò incoraggiata dal mio sospiro.

«Ha detto che l'ha sentito dire da suo padre. Le SS sono già a casa sua».

È strano come la nostra mente selezioni parole, odori, suoni, sapori. Io sentii la musica del violino di Julius-Otto e il sapore del tè alla menta che preparava la mamma, l'odore di muffa della cantina della mia vecchia casa, le parole "padre", "mezza ebrea" e tutto si mescolava e niente aveva più un contorno. Solo una cosa era chiara: non ero la sola, Linzie, Brigit, Julius-Otto, io non eravamo i soli a "far finta di". Ce n'erano altri anche se non si vedevano. Però forse potevamo cercarli, potevamo avvertirli che non erano soli e che noi non eravamo soli.

Senza preavviso né altre parole, le forbici si avventarono sulle trecce della bambina, che caddero a terra, e poi sui capelli che ancora circondavano la testa; con gesti misurati e ordinati la testa di Helene, che non piangeva più, fu rapata e tutte con gesti misurati e ordinati applaudirono. Tutte, compresa me.

16
Ciuffo da una parte e camicia gialla

Scuola al mattino, pomeriggio *Jungmädelbund* e prove Leni.

Linzie lavorava fino alle quattro del pomeriggio e poi anche lei aveva la sua parte da recitare. Spesso ci prendeva per mano e ci parlava con una tenerezza che mi ricordava quando a Berlino la mamma era una mamma vera.

«Dobbiamo resistere. Dobbiamo farlo. Finirà. Prima o poi finirà».

Io annuivo e cercavo con Brigit di giocare, di allenarmi, di ridere per non pensare troppo, ma tutto sembrava così difficile. Avevo sempre qualcosa da fare o un posto in cui andare. Linzie dopo il lavoro lavava, stirava e cucinava. Come tutte le mamme, quelle vere.

Un giorno *Frau* Hindergman venne a casa nostra per chiedere a Linzie se poteva dare qualche lezione privata a Henke, il suo piccolo che non riusciva a imparare bene a leggere. Linzie le preparò il tè e, mentre le stava offrendo i biscotti, lei si alzò preoccupata.

«È ora… ma voi non la ascoltate?»

Linzie la guardò con stupore. Io giocavo con Brigit con una bambola. L'avevamo chiamata *Frau* Diana, era un'esploratrice e trovava sempre animali sconosciuti e a volte ci portava regali dai suoi viaggi: denti di dinosauro, erbe per diventare invisibili, cristalli per ascoltare la voce dei pesci.

Ci fermammo subito. Succedeva sempre così ormai. La domanda inaspettata di qualcuno diventava per noi una questione vitale.

«Scusi, *Frau* Hindergman?»

«Ma sì, Hitler parla alla radio! Ma... non avete una radio? Non è possibile! Il nostro Führer ha invitato ogni famiglia a comperarne una. Come fate senza radio? Come potete ascoltare il nostro ministro che insegna come difenderci dai nemici?»

La signora aveva cominciato ad alzare i toni e sembrava scandalizzata e furiosa. Linzie stava ferma con in mano il piatto dei biscotti e io guardavo il fumo che dalla tazza di tè si diradava nella stanza.

Mi stupii tantissimo quando Brigit si alzò dalla sedia e andò davanti a *Frau* Hindergman.

«Noi ce l'avevamo la radio. L'abbiamo sempre avuta. Sono stata io. È colpa mia. Ieri l'ho fatta cadere e si è rotta. Ma non l'ho fatto apposta. *Tante* Linzie non mi perdonerà mai...»

E cominciò a singhiozzare e poi a piangere, di un pianto fatto di urla e di strepiti con tanto di sbattere di piedi.

Frau Hindergman si calmò e sembrò quasi a disagio. Quando si chinò verso Brigit io sussultai.

«Su, su... Capita, anche se devi stare più attenta, questo è chiaro. Tua zia ti perdonerà, vedrai. Certo ti avrà dato una punizione, ma tu devi essere forte e coraggiosa e... più attenta. Puoi migliorare, piccina».

Poi si rivolse a Linzie con risolutezza.

«È deciso. Verrete a casa mia tutti quanti, finché la radio non sarà aggiustata».

Così dovemmo seguirla.

Frau Hindergman abitava due case più avanti. Il suo giardino faceva un angolo e per metà era stato destinato a orto. Ci aveva piantato dei finocchi e diversi tipi di insalata in file ordinate. Era una brava ortolana.

In casa sua ci mettemmo sedute prendendo le seggiole dal tavolo della cucina e posizionandole davanti all'apparecchio posto su un tavolino in salotto. Vicino alla radio, la fotografia di Hitler in una cornice d'argento. Henke, il bambino di sei anni di *Frau* Hindergman, stava su un cavallino a dondolo e ci guardava interessato.

Quando *Frau* Hindergman azionò la manopola si sentirono scariche di elettricità e poi una musica allegra che annunciava l'imminente discorso del Führer e a seguire un altro discorso del ministro della Propaganda, Joseph Goebbels, e invitava tutti ad ascoltare con attenzione.

«Meno male, siamo arrivate in tempo!»

Anche *Frau* Hindergman si sedette, lisciandosi la gonna, e avvicinò il volto all'apparecchio come volesse guardarlo meglio. Non era la prima volta che vedevo una radio. A Berlino ne avevamo una, ma non era così lucida, linda e sacra.

La musica allegra finì e dopo un minuto di una melodia solenne si sentì la voce di uno speaker che annunciava il discorso di Hitler.

Frau Hindergman si alzò di scatto e mosse il braccio in avanti urlando "Heil Hitler". Linzie fece lo stesso e così Brigit, io ed Henke. Se solo qualcuno ci avesse detto: ma siete matti?, io, lo so di sicuro, avrei cominciato a ridere. Invece nessuno disse nulla e la voce del Führer invase la stanza.

Dapprima erano parole sommesse e quasi incomprensibili, poi il tono si alzò nel pronunciare "popolo tedesco" e "spazio vitale". Scandendo bene le parole disse che gli ebrei non avrebbero riso più del popolo tedesco, che avrebbe osservato con scrupolo le leggi razziali, annientato il veleno universale del giudaismo, rinunciato alla propria individualità per essere un solo grande, potente, invincibile popolo. Urla e applausi e ancora urla della folla impazzita.

La voce adesso tuonava e ripeteva in modo ossessivo le stesse frasi. *Frau* Hindergman aveva gli occhi sbarrati e la bocca semiaperta. Non vedeva nulla e non sentiva altro che la voce di Hitler e il suo respiro era diventato quasi affannoso. Mi veniva da vomitare.

Henke mi venne vicino e mise una matita nella mia mano. Aveva un foglio nella sua e sul foglio aveva disegnato un sole. Con la matita tracciai sotto il sole un albero. Lui fece un uccellino sul ramo. Io disegnai una bicicletta appoggiata al tronco. Lui disegnò una bambina con le trecce vicino alla bici. Io sorridevo, sollevata da quel gioco e lo ringraziai quando ce ne andammo. Probabilmente non capì perché. Lo capì Linzie e lo capì Brigit. Avevo evitato di ascoltare quella voce e poi il discorso di Goebbels che parlava ai giovani di coraggio, fedeltà, obbedienza assoluta, prontezza. E poi di nuovo Hitler, che urlava di un popolo che venera se stesso, di un sangue migliore che prende il potere e se lo tiene perché solo il sangue migliore ha questa missione.

Appena a casa Linzie prese dal barattolo dei risparmi

venti *reichsmarck* e uscì. Così anche noi avemmo la radio, che non fu mai messa in funzione ma che fu posizionata nell'ingresso, in modo che chiunque entrasse non potesse non vederla. Quella notte, prima di addormentarmi, per la prima volta diedi un bacio sulla guancia a Brigit e le dissi che era stata grande a piangere e strillare con *Frau* Hindergman. Lei, com'era nel suo carattere, grugnì, ma poi quando le feci il solletico sulla pancia, rise e rise e rise e mi abbracciò anche lei.

Il giorno dopo Linzie ci spedì alla sede della *Jungmädel* dove avremmo imparato a montare una tenda. La cosa mi incuriosiva perché non ero mai stata in campeggio e tanto meno avevo mai montato una tenda.

Quasi tutti i giorni la sezione della *Hitler-Jugend*, i maschi della Gioventù Hitleriana dai quattordici ai diciotto anni, passava davanti alla nostra sede. Facevano un fracasso incredibile, con i tamburi con le fiamme rosse disegnate sulla superficie di legno, il marciare sicuro e il gridare il saluto ogni volta che incrociavano qualcuno.

Quel giorno che dovevamo imparare a diventare campeggiatrici provette, Brigit si innamorò.

Non me ne accorsi subito. Aveva rallentato il passo mentre i ragazzi si allineavano per svoltare verso il campo. I tamburi rollavano e le bandiere sventolavano come al solito. Poi ci fu il silenzio. Quando mi girai per vedere cosa fosse successo, Brigit non era più dietro di me. Se ne stava immobile su un lato della strada a venti passi da me e guardava qualcosa che non capivo. Quel qualcosa era un qualcuno. Guardava uno dei tamburini che si impegnava con le mazzuole come avesse voluto schiacciare la testa di un drago. Il tipo biondo e con il ciuffo da un lato della testa mentre mazzuolava guardava a sua volta Brigit.

Ero davvero sorpresa. Brigit che guardava con insistenza un ragazzo? Non era mai successo. Mi venne da sorridere. E poi divenni gelosa. Brigit. Avrei perso anche lei. Forse sarebbe fuggita con il tipo biondo, ciuffo e camicia gialla, e io sarei rimasta sola a "far finta di", a giocare da sola con *Frau* Diana, finché non mi avrebbero scoperta e mi avrebbero messo due triangoli gialli sovrapposti sulla camicia e sulla giacca, come facevano con tutti gli ebrei, e sarei dovuta andare via.

Poi mi venne in mente un'altra cosa. Io non avevo mai pensato a un ragazzo. Cioè, nessuno mi aveva mai guardato a quel modo mentre marciava e percuoteva un tamburo. Nessuno neppure senza marciare e senza tamburo. Di me non si era mai innamorato nessuno.

17
Volkswagen

Linzie guardò Leni con un'espressione preoccupata in viso: «È proprio necessario?».

Leni fece una smorfia.

«Diciamo che sarebbe opportuno. Molto opportuno». Il suo sguardo si spostò su di me. «Per Ester sarà una specie di consacrazione definitiva, proprio adesso che è entrata nella *Jungmädelbund*. Lei e Brigit potranno diventare il volto femminile della giovane Germania, quella del futuro, quella che conquisterà il mondo».

Nuovamente si rivolse a Linzie e Julius-Otto.

«Ma parteciperete anche voi. Non avrete che da guadagnarci. Vi renderò tutti celebri. Ho già un sacco di idee per quando tornerò dal mio viaggio in America».

La guardai spaventata. Io e Brigit il volto della Germania del futuro? Quella del Terzo Reich, di Hitler, di chi ci aveva strappato i genitori e distrutto la vita?

Quello che ci stava proponendo non mi piaceva per niente. Così non riuscii a impedire ancora una volta alla vera Ester di emergere per pochi secondi dall'oscurità in cui cercavo di tenerla.

«No! Non me la sento. Non voglio. Non di nuovo».

Brigit approvò annuendo energicamente con la testa.

Leni mi attirò verso di sé sul sofà su cui eravamo seduti e mi abbracciò.

«Fiordaliso, lo so che ti senti emozionata e che hai un po' di paura. Ma è una cosa che hai già fatto benissimo. Adesso sei più grande, sarai ancora più brava. E poi stavolta avrai vicino Linzie, Otto e Brigit».

Mi girai verso Linzie. Aspettavo che mi sostenesse, che capisse le mie ragioni anche se non potevo esprimerle ad alta voce. Prima ancora che potesse parlare, le successive parole di Leni mi tolsero ogni speranza.

«Quando ho parlato a Hitler della cosa, era entusiasta».

Linzie sospirò e si voltò verso Julius-Otto che, seduto su una sedia, allargò le braccia in segno di impotenza.

«Temo abbia ragione lei, Ester. È difficile rifiutare».

Leni approvò immediatamente.

«Bravo, Otto!»

Il tono della sua voce si fece quasi confidenziale.

«Sapete, in giro non si può dire, ma il Führer è un po' superstizioso. Allora per convincerlo gli ho detto che Ester gli porta fortuna. Gli ha portato i fiori alle Olimpiadi e sono andate benissimo. In questi due anni poi è diventato popolare come mai prima. La gente ormai lo adora e lo seguirebbe anche all'inferno».

La guardai sbalordita. Io portafortuna di Hitler? L'ultima cosa che avrei voluto. Ma queste parole mi fecero capire ancora di più l'impossibilità di evitare quello che Leni mi stava chiedendo.

Chinai il capo. Così, ancora una volta, sarei stata la bambina che porta i fiori a Hitler. Stavolta l'occasione sarebbe stata la posa della prima pietra dello stabilimento in cui nel prossimo futuro sarebbe stata prodotta la Volkswagen, l'auto del popolo.

Leni, ormai certa del nostro consenso, diventò una sorta di torrente in piena.

«Ricordatevi che per Hitler questa cosa è perfino più importante delle Olimpiadi. La Volkswagen, che avete già visto, è stata un'idea sua. Un'auto robusta, affidabile e a basso costo, in modo che ogni tedesco possa acquistarla. Nessun altro governo sulla Terra ha mai fatto una cosa del genere. Ci saranno decine di migliaia di persone, centinaia di giornalisti di tutto il mondo e un sacco di autorità».

Sempre parlando estrasse una scatola dalla borsa che aveva con sé.

«Ma non si tratta soltanto di una fabbrica. Nel progetto è compresa anche la costruzione di una città per gli operai e le loro famiglie. Novantamila persone. Si chiamerà Wolfsburg, come il castello che è lì vicino».

Fece scorrere lo sguardo su tutti noi mostrandoci la scatola.

«Tutto dovrà andare a meraviglia. Ho anche avuto un'ottima idea per evitare la banalità che tu debba nuovamente offrirgli dei fiori».

Ci girò le spalle.

«Scusate, ma voglio che sia una sorpresa anche per voi».

Prese un piccolo cuscino dal divano su cui era seduta, armeggiò con la scatola e poi si voltò verso di noi, un sorriso raggiante in volto.

«*Voilà*!»

Sul cuscino stava un oggetto che a prima vista non riconobbi. Guardai Leni con aria interrogativa.

«Prendila! Guarda cos'è».

Un attimo dopo avevo capito. A Hitler avrei dovuto portare una cazzuola. Una cazzuola da muratore. Nuova e lucidissima. Su di essa era incisa una svastica, visibilissima. Leni cominciò a spiegare.

«È d'argento. Hitler la userà per cementare simbolicamente la prima pietra dello stabilimento. Poi verrà collocata in un museo».

Julius-Otto scoppiò a ridere.

«Leni, spero solo che adesso non comincerai a chiamare Ester "Cazzuola", invece di "Fiordaliso"».

Lei non dette segno di essersi accorta della battuta. Estrasse dalla borsa un'agenda e la consultò.

«L'unico problema è che non abbiamo molto tempo. La cerimonia è prevista il 26 maggio. C'è appena un mese per organizzare tutto. Dovremo cominciare le prove al più presto. Andremo ad Hannover».

Brigit la interruppe con un grido spaventato.

«Hannover è dove...»

Leni si voltò verso di lei, incuriosita. Già, Hannover. Dove il nostro gruppo si era sciolto. Proprio una cosa che non si doveva mai dire. Specialmente a Leni. Intervenni con il cuore in gola.

«Hai ragione, Brigit. È dove abbiamo perso una gara...»

Stavo per impappinarmi, ma Linzie mi aiutò.

«... perché la giuria era stata ingiusta. Meritavamo di vincere noi».

Colsi un lampo di interesse negli occhi di Leni. Un attimo dopo pensai di essermi sbagliata perché continuò tranquilla il suo discorso, mentre il mio cuore riprendeva il suo normale battito.

«Dovrete provare molto. Linzie, chiederò al direttore della tua scuola di lasciarti libera. Otto, ti farò avere un permesso dalla fabbrica in cui lavori. Preparate i bagagli. Penserò io al viaggio».

Fu di parola. Due giorni dopo era sotto casa nostra con un'auto e relativo autista. Restai a bocca aperta.

«Ma è come quella del Führer!»

Leni rise.

«Sì. È proprio una Mercedes. Dobbiamo viaggiare in modo decente».

Quando arrivammo all'albergo in cui avremmo alloggiato lo stupore aumentò. Era tutto lusso, stucchi, ori e camerieri in livrea che chiamavano *Fraülein* me e Brigit. Fu lei a dare forma ai miei pensieri.

«Sembra uscito da una fiaba».

Julius la ammonì scherzando.

«Allora fai attenzione alla mela avvelenata. Nelle fiabe c'è sempre qualcuno pronto a offrirla alle principesse come voi. Per non parlare degli orchi o delle streghe che mangiano i bambini».

Sì, aveva ragione. Non dovevamo dimenticare nemmeno per un attimo chi eravamo.

Leni nei giorni seguenti ci fece lavorare duramente. Provammo fino alla nausea, nel salone dell'albergo e sul luogo della manifestazione. Era martellante.

«Ricordatevi. Hitler arriva e si avvia con gli altri membri del partito verso il luogo in cui sarà posta la prima pietra. Voi dovrete partire appena lui si muove. Ester davanti, con il cuscino e la cazzuola. Linzie e Otto dietro. Brigit tra loro, tenuta per mano. Dovrete fare quindici passi esatti prima di incontrarlo. Sarete seguiti dalla macchina da presa e quindi non dovrete sbagliare».

Ce l'aveva già detto mille volte, l'avevamo provato altrettante e avremmo continuato così fino a quando lei non sarebbe stata soddisfatta. Era pignola all'inverosimile, concentrata su ogni dettaglio fino alla pedanteria. Incalzava tutti. Implacabile fino quasi a sembrare senza pietà.

Sul palco avrebbero dovuto essere sistemate tre file di ragazzi della *Hitler-Jugend* per scandire i vari momenti della cerimonia con il ritmo dei loro tamburi. Durante uno degli ultimi giorni delle prove erano rimasti ore e ore sotto il sole, suonando senza un attimo di pausa. Uno di essi, nell'ultima fila, per stanchezza, perché non si sentiva bene, o anche solo per asciugarsi il sudore, si toccava in continuazione la fronte. Leni si rivolse alterata a un suo collaboratore.

«Fai allontanare quel cretino. Continua a rovinarmi le inquadrature. Non voglio più vederlo».

Lo vedemmo allontanarsi tra gli scherni dei compagni. Niente doveva turbare lo splendore di quell'avvenimento e tutto doveva essere impeccabile perché la Perfetta Famiglia Ariana potesse salire sul palcoscenico e portare avanti la sua recita.

18
E venne il giorno della prima pietra

Finalmente venne il giorno della prima pietra. La notte dormii malissimo. Mi sentivo imprigionata in un groviglio di mille sentimenti tutti diversi. Agitazione per quello che dovevo fare, incredulità per quello che mi stava succedendo, rabbia sorda perché era successo, rancore profondo verso chi lo aveva provocato, preoccupazione verso chi mi era vicino. Non volevo che Linzie, Julius-Otto e Brigit dovessero pagare le conseguenze di un mio errore.

A un certo momento però, nel dormiveglia, mi trovai a ridere da sola, cacciandomi sotto le coperte perché Brigit non potesse sentirmi. La nostra Perfetta Famiglia Ariana! Una *Mischling* il cui padre ebreo era perseguitato, una bambina i cui genitori erano già stati imprigionati in un campo di concentramento, un ebreo al cento per cento e una donna, questa sì ariana perfetta, ma, per il solo fatto di essere innamorata di un ebreo, fuorilegge anche lei.

Una beffa tremenda per Hitler. Uno scherno che avremmo pagato carissimo se fossimo stati scoperti. Tra noi non ne parlavamo mai per non tradirci, ma la sera prima non eravamo riusciti a evitare l'argomento e Julius-Otto aveva descritto perfettamente la nostra situazione.

«Stiamo camminando su un filo sospeso a decine di metri

da terra, senza rete sotto. Non l'abbiamo voluto, ma ormai non possiamo più fermarci altrimenti cadremmo».

Poi però riuscì anche a scherzarci sopra.

«E se proprio se ne devono accorgere speriamo che sia dopodomani. Almeno avremo la soddisfazione di aver rovinato a Hitler la sua cerimonia».

Mi aveva stupito quel suo buon umore. Quella notte, nel buio, sotto le coperte, mi chiesi perché mi fossi meravigliata. Julius poteva perdere tutto, anche la vita, in pochi attimi, se i nazisti avessero capito chi era, ma in quel momento era al sicuro, stava meglio di quando si nascondeva facendo il fornaio ed era con Linzie che amava e da cui era contraccambiato. Era felice. Tanto che un giorno era arrivato alle prove con un bellissimo paio di baffetti finti di lana nera appiccicati sotto il naso e una cazzuola sporca di calcina in mano, vociando parole incomprensibili con lo stesso tono di Hitler nei suoi discorsi. Una caricatura perfetta che aveva fatto ridere tutti, tranne Leni.

«Sei pazzo! Finiscila e levati quei cosi. Nessuno può permettersi di prendere in giro Hitler. Se lo avessi fatto in pubblico stai sicuro che saresti finito di corsa in un campo di concentramento».

Avevo smesso immediatamente di ridere. Aveva ragione lei. Ma era bello che, nonostante tutto, avessimo ancora voglia di scherzare.

La mattina della cerimonia ci svegliammo presto. Avevamo appena fatto colazione che fuori dalla porta c'erano già una sarta e una parrucchiera tutte per noi. Mentre ci pettinavano raccontavano le prime notizie.

«È pieno di gente là fuori».

«Si sono arrampicati perfino sugli alberi per vedere meglio il Führer».

«Sono arrivati già ieri, quasi centomila persone».

Rabbrividii. Ancora una volta mi aspettavano centomila fanatici, centomila braccia alzate nel saluto nazista e altrettante bocche pronte a urlare "Heil Hitler" a piena voce.

La sarta ci aiutò a vestirci, curando ogni minimo dettaglio del nostro abbigliamento. Alla fine appuntò sul petto a tutti noi una spilla. Rappresentava una piccola Volkswagen sovrastata da una svastica.

In quel momento, un attimo prima di uscire all'esterno, il groviglio di sentimenti che mi aveva agitata fino a quel momento fu sostituito da una sola sensazione. Una tristezza profonda e desolata.

Troppe cose mi ricordavano la cerimonia di due anni prima a Berlino. Ma, ancora peggio, troppe ne mancavano. Lo stupore felice di quel giorno. Mamma e papà ancora insieme. Il loro amore per me. Sentii gli occhi inumidirsi. Linzie comprese il mio stato d'animo. Mi abbracciò.

«Ester, tra poco sarà finito tutto. E per quello che devi fare, immagina che sia un esercizio di ginnastica che hai preparato per mesi. Non li sbagli quasi mai. Stai tranquilla».

Raggiungemmo la spianata dove si sarebbe svolta la cerimonia su una Volkswagen scoperta, con due bandierine con la svastica sui parafanghi anteriori. La guidava una SS, che ci aprì la porta per farci salire. Julius-Otto davanti, noi tre dietro. La folla applaudiva al nostro passaggio. Brigit, pallidissima, cercò la mia mano e la tenne per tutto il viaggio. Per entrare in scena dovevamo aspettare che il Führer finisse il suo discorso. Mi sembrò interminabile. Quando fu il momento di incamminarci verso di lui, dopo che una donna mi aveva posato sulle braccia tese il cuscino con la cazzuola, sentii Julius-Otto accarezzarmi la testa.

«Guidaci. Ci fidiamo di te».

Già, ero io quella che avrebbe dovuto stare davanti a tutti. Invidiai Brigit che, dietro di me, doveva solo tenere per mano Linzie e Julius-Otto.

Uscimmo nel sole. L'urlo della folla ancora una volta mi stordì. Eppure l'abitudine alle gare, alla loro tensione, alla paura di doversi esibire davanti a centinaia di persone con il rischio di sbagliare e di fare una figuraccia fece il suo dovere.

Sentii una fredda calma impossessarsi di me, come succedeva sempre negli attimi immediatamente prima di un'esibizione, quasi senza che me ne accorgessi. Il terrore di sbagliare, l'insicurezza, l'agitazione, la paura si confinarono in qualche angolo della mia mente. Sì! Quello che stavo facendo era solo un esercizio, una capriola, una spaccata, un movimento con il nastro o con la palla.

Automaticamente mi comportai come se fossi appena salita su una pedana e identificai gli spazi in cui avrei dovuto muovermi. Linzie aveva segnato con il gesso il punto da cui avrei dovuto partire e quello in cui avrei dovuto fermarmi. Quindici passi esatti. Vidi le sei auto posteggiate davanti al palco. Individuai quelle in centro. Vidi Hitler muoversi. Mi avviai, il rullo ipnotico dei tamburi a scandire i miei passi.

Uno.

Due.

Tre.

Quattro.

Cinque.

Alzai gli occhi verso il palco. Imponente. In alto, le file dei tamburini che scandivano il tempo. Sotto, divise, divise e ancora divise. Attorno, svastiche di tutte le dimensioni.

Sei.

Sette.

Otto.

Nove.

Tornai a guardare Hitler che procedeva verso di me, seguito da un codazzo di persone.

Dieci.

Undici.

Dodici.

Tredici.

Quattordici.

I tamburi smisero di rullare. Il quindicesimo passo lo feci in un silenzio assordante. Mi trovai Hitler davanti. I miei gesti continuarono a essere precisi come scanditi da un metronomo.

Uno.

Porgere il cuscino con la cazzuola.

Ero un poco controsole. Non riuscivo a vedere bene il viso di Hitler, la cui parte superiore era ombreggiata dalla visiera del berretto. Fissai la sua mano mentre afferrava la cazzuola.

Due.

Cuscino sotto il braccio sinistro.

Dietro Hitler, Göring mi guardava benevolo.

Tre.

Scatto del braccio destro teso in alto.

Goebbels fissò il suo sguardo torvo su di me.

Quattro.

"Heil Hitler" a piena voce.

Il Führer mi accarezzò la guancia e mi sorrise. Lo vidi distintamente. Mi sembrò un sorriso sincero, di chi è piacevolmente colpito, quasi sorpreso, da qualcosa di molto gradevole. Il sorriso di un vecchio zio o di un vicino di casa particolarmente simpatico.

«Grazie».

Un sussurro a mezza voce e poi anche il suo braccio teso nel saluto.

Con la coda dell'occhio intravidi Leni appollaiata su una specie di trabiccolo munito di cinepresa con cui aveva seguito la mia camminata. Vidi le sue labbra muoversi mute a pronunciare una sola parola.

«Brava!»

I tamburini si rimisero a battere il tempo accompagnando il cammino del Führer fino al luogo in cui sarebbe stata posata la prima pietra.

Noi avevamo finito e ci avviammo lentamente verso l'uscita. L'auto di prima ci avrebbe riportato indietro. Prima però dovevamo aspettare che se ne andasse Hitler con il suo seguito.

Lo vidi poco dopo allontanarsi a bordo di una Volkswagen

scoperta tra gli applausi della folla. Dietro gli correva un nugolo di persone, in gara per superarsi gli uni con gli altri, affannate nel vano tentativo di raggiungerlo, goffe, servili, imbarazzanti a vedersi. Un popolo che stava barattando libertà, dignità e la vita di milioni di persone per inseguire un'auto che costava meno di mille marchi. Mi venne da piangere. Mi venne voglia di ribellarmi. Presi una decisione.

Poco più in là c'era Greta, la giornalista, rimasta anche lei con noi in tutti quei giorni. Mi avvicinai a lei, controllando, prima di parlarle, che nessuno potesse sentirci.

«Voglio sapere come stanno mio padre e mia madre». E indicai con un cenno del capo Brigit poco più in là. «Se ci riesci, vorrei che ti informassi anche dei suoi genitori».

Sentii gli occhi inumidirsi.

«Per favore» riuscii solo ad aggiungere.

Julius-Otto in un attimo fu accanto a me. Mi abbracciò. Sentii la sua voce in un orecchio.

«Il nostro Führer ha scorreggiato anche stavolta?»

Tra le lacrime riuscì a strapparmi un sorriso.

19
Hans innamorato

Franz si agita sulla poltrona.

L'orologio a muro segna la mezzanotte passata.

«Sarai stanco, immagino. Vuoi andare?»

«No, *Frau*. Non voglio andare. Questo è il posto migliore dove potessi capitare. Un altro bicchiere di Sagrantino... anche per lei, *Frau*?»

Gli sorrido ancora. Annuisco. Com'è gentile! La tenerezza mi invade. Nessuno dovrebbe mai dimenticare la gentilezza. Quella vera, non quella suscitata dalla paura. Sono convinta che sia la vera gentilezza a salvare il mondo.

Il vino che sa di viole e di amarene e di muschio. Un vino che riempie il palato di sapori diversi e unici. Un vino magnifico.

Il vino che bevemmo tutti la sera in cui Leni ci salutò non era così buono. A Brigit andò di traverso e lo sputò e Linzie si spaventò perché Brigit era diventata rosso pomodoro e faticava a respirare. Leni guardava la scena senza muovere un muscolo.

Quando Brigit si riprese, Leni, mangiando una fetta di strudel, ci disse che:

1) *Olympia* aveva avuto un successo enorme. Lo sport, ma soprattutto il popolo del Terzo Reich, il popolo vincente,

sarebbero stati visti da tutto il mondo. Prima tappa del lungo viaggio Parigi e ultima tappa Hollywood. La consacrazione del cinema.

2) Hitler aveva sempre più fiducia in lei nonostante le avversioni di Goebbels e quindi poteva contare su budget illimitati, o quasi.

3) La fidanzata di Hitler adesso era Eva Braun, una senza spina dorsale, da tenere nell'ombra, però se l'era portata anche nel suo viaggio a Roma e l'aveva presentata a Mussolini.

E quando lo disse, la sua voce si fece tagliente e sprezzante. Tutti ci astenemmo dal chiedere se avesse ancora le chiavi del suo appartamento privato.

4) Il Führer, sempre più vegetariano e astemio, aveva mal gradito le cene romane a base di vino e di agnello arrosto offertegli dal re e dal Duce.

5) Doveva assolutamente procurarsi un cane. Il Führer ne aveva due: pastori tedeschi di razza purissima e aveva promulgato una legge contro il maltrattamento degli animali, soprattutto dei cani. Anzi, anche noi avremmo dovuto procurarci un cane. Un cane da portare nella nostra campagna pro-Volkswagen.

Fece promettere a Linzie di trovare un cane. Ci riempì di sorrisi e per fortuna si astenne dai baci. Ci promise regali e giocattoli. Ci considerava i suoi giocattoli, necessari ai suoi scopi. Fondamentali alle sue storie inventate da filmare. Prese sottobraccio Julius-Otto e volle parlargli da sola, adducendo il fatto che era il solo maschio in quella famiglia di cui poteva fidarsi. Rise e ci guardò e fu allora che compresi con assoluta certezza che sapeva.

Leni sapeva. I suoi occhi lo dicevano. I suoi occhi sfioravano appena la mia parte mezza ebrea. Lei sapeva chi eravamo. Sapeva che stavamo recitando, ma lo sopportava, o forse la divertiva una situazione del genere, o forse, ancor più, le eravamo utili. Facevamo tutto quello che lei chiedeva e sapeva che poteva chiederci altro e altro e altro e che noi avremmo fatto di tutto per accontentarla. Perché lei aveva il favore di Hitler e noi tutti eravamo carne scadente da poter vendere o gettare. Dipendeva da noi. Dipendeva da quando si sarebbe stancata di giocare al suo gioco.

Non abbassai lo sguardo. Ero la sua creatura e non potevo essere da meno di lei. Sembrò apprezzarlo perché prima di partire mi accarezzò i capelli e mi disse che avevo una pelle morbidissima.

Se ne andò sulla sua Opel Kadett color delle perle, bellissima. Tornò a Berlino a preparare i bagagli. Non si girò mentre noi salutavamo la ruota di scorta e la sua nuca che si sbiadiva in lontananza. Noi a Stoccarda ad aspettarla. Linzie pensava che senza di lei sarebbe stato impossibile fuggire. Non le dissi quello che avevo capito. Leni se n'era andata. Il pericolo e la salvezza se n'erano andati, almeno per un po'.

«Perché non le abbiamo chiesto di andare con lei?»

Lo dissi così, un po' per provocare, un po' perché davvero ci avevo pensato. Salire sull'aereo di Leni e trovarsi a New York. Liberi.

Linzie mi fece accomodare sulle sue ginocchia. La guardai e vidi le rughe intorno ai suoi occhi. A vent'anni vengono le rughe, pensai.

«Sarebbe stata la nostra fine, Ester. Quando è troppo

è troppo. Troppi controlli, ogni minuto sotto lo sguardo di gerarchi. Qualcosa può sfuggire sempre, non è facile recitare ogni momento di ogni giorno per mesi. Leni viene accompagnata da esponenti del partito, non va da sola».

Julius-Otto annuì senza aggiungere altro. Brigit gli cinse le gambe. Julius-Otto rise e la prese in braccio. Così Linzie e Julius-Otto ci accompagnarono in camera e ci misero a letto, come la perfetta famiglia tedesca.

Con la camicia da notte leggera e sotto la coperta Brigit e io stavamo strette testa contro testa.

«Il tamburino chi è?»

Le soffiai stringendola di più.

«Hans... si chiama Hans».

«Ti sei innamorata?»

Come risposta un grugnito.

«Figurati! Neppure mi guarda».

«Accidenti!!! Ma sì che ti guarda. Ma ci hai parlato?»

«Una volta sola».

«Diavolo! E quando?»

Mi tirai su a sedere, sorpresa. Mi sembrava stranissimo. Brigit e io facevamo sempre le stesse cose, eravamo negli stessi luoghi alla stessa ora. Come faceva Brigit ad avere una vita tutta sua?

«Uff... ci ho parlato perché gli era caduta una mazzuola e io l'ho raccolta. Mi ha detto "grazie". Io ho risposto "prego". Mi ha detto: "Sono Hans. Tu chi sei?". Io gli ho detto il mio nome. Fine. Tu eri nella sede a fare gli esercizi e io ero stata mandata dalla leader a gettare via l'immondizia».

«Uhhh!!! E non mi avevi detto niente...»

«Che dovevo dirti? Che ho detto come mi chiamo a uno che suona il tamburo?»

«Be'... ma certo. È una cosa straordinaria. Secondo me Hans si è innamorato».

«Buhhh... innamorato!!!»

Cominciai a canticchiare.

«Hans innamorato-Hans innamorato-Hans innamorato!»

Brigit tentò di farmi tacere mettendomi le mani sulla bocca, poi si arrese e cominciò a ridere e farmi il solletico. Ci addormentammo strette strette, con le lacrime che si asciugavano sulle guance. Le lacrime spesso ci uscivano così, senza un motivo. Erano le lacrime della nostalgia.

Il giorno dopo successe un fatto stranissimo. Prima di uscire per andare a scuola, mentre Linzie ci preparava la colazione e il latte era già nelle tazze, arrivò trafelata *Frau* Hindergman.

Linzie non fece una piega. Anzi, si fermò in corridoio in modo che la radio fosse notata, ma *Frau* Hindergman sembrava in un altro mondo. In mano teneva un foglio e su quello appiccicava gli occhi quasi di continuo. Brigit e io bevevamo il latte e mangiavamo una fetta di torta con lo zucchero sopra. Linzie l'aveva cucinata la sera prima, era buonissima.

Frau Hindergman – Petra, disse di chiamarla così – sembrava in preda a una grande eccitazione. La cosa non ci sconvolse, ma io ero curiosa. Linzie la fece accomodare in cucina e si scusò subito del poco tempo che poteva dedicarle, perché il lavoro l'aspettava.

«Se è per Henke, non ci sono problemi. Posso cominciare a dargli lezioni anche domani».

«Sì... è per Henke. Ma in realtà, ecco, non so come spiegarle. Le devo chiedere un grande favore».

Mi fermai di botto e lasciai perdere la fetta di torta. *Frau* Hindergman che chiedeva un favore a noi?

«Oh, certo. Dica pure. Se posso, volentieri».

Lei, con una certa solennità, consegnò il foglio a Linzie e rimase in attesa, gli occhi che non lasciavano quel foglio di carta neppure per un attimo. Lo guardava con una strana cupidigia, come se si fosse trattato di una fetta di strudel.

Linzie leggeva e respirava, poi a un certo punto il suo respiro divenne affannoso. Teneva il foglio con il pollice e l'indice della mano, lontano dal corpo. Capivo che una specie di orrore l'aveva invasa.

«Ho bisogno di qualcuno che tenga Henke per il tempo necessario. Sei, sette mesi al massimo».

Frau Petra riprese il foglio e lo sistemò come scudo sul petto. Cosa c'era scritto di così assurdamente importante?

«Henke con lei starebbe benissimo. Ci sono le bambine e poi suo marito è veramente una persona squisita. Io sono vedova da due anni, *Frau*. I miei genitori sono troppo anziani e non ho parenti qui a Stoccarda».

Linzie si era appoggiata allo schienale di una sedia.

«Se è per le spese, non si preoccupi. Pago tutto io. O meglio, è il nostro Reich che si assume le spese. C'è scritto nella lettera».

Frau Hindergman aveva perso l'espressione quasi sottomessa che poco prima l'aveva resa diversa dal solito. Adesso aveva assunto un tono quasi arrogante, quello che aveva sempre. Linzie ne fu sicuramente infastidita, ma non lo diede a vedere. Disse solo: «Ne è sicura, *Frau*? Vuole veramente farlo?».

«Ma certo! Che domande fa? Donare un figlio al Reich deve essere il primo obiettivo di una donna ariana».

«Va bene, va bene. Mi dia una giornata per pensarci».

Frau Petra sorrise. Si alzò dalla seggiola e cominciò a camminare in modo strano. Teneva la pancia in avanti e le gambe leggermente divaricate, le mani che abbracciavano i fianchi.

Quando *Frau* Petra se ne andò Linzie ci guardò e disse: «Non sono da salvare solo i bambini ebrei, anche i bambini tedeschi sono in pericolo».

20
Henke il lacrimoso

Henke venne da noi dopo una settimana. Aveva una valigia azzurra e due quaderni e molte matite. Linzie portò la valigia in camera nostra e ci disse di fargli compagnia e di mostrargli il suo posto nel letto. Henke piangeva. Avevamo capito che sua madre doveva andare a Monaco in una clinica.

All'inizio pensavamo fosse malata, poi Linzie ci disse che stava benissimo. Andava a fare un bambino. Diventammo scimmie curiose. Non le davamo pace. Chiedevamo e chiedevamo e chiedevamo. Julius una sera ci disse che meno sapevamo e meglio era per tutti.

«Però tu sai. Linzie sa».

Brigit lo guardava con gli occhi fermi.

«Sì, noi sappiamo».

La chiuse lì. Il volto si fece scuro e nessuno di noi poteva vedere Julius-Otto triste e preoccupato.

Henke veniva a scuola insieme a noi, anche se non nella stessa classe. Poi, nel pomeriggio, mentre noi eravamo in palestra o alla *BDM*, lui ci aspettava a casa con Linzie o giocava in giardino. Linzie ogni tanto lo portava a passeggiare e compravano caramelle anche per noi.

La sera Henke piangeva. Quando iniziava a far buio gli prendeva una tristezza inconsolabile. Julius-Otto lo prendeva in braccio e cercava di consolarlo, gli raccontava storie e soprattutto faceva imitazioni. Imitava Linzie, imitava me e Brigit e la maestra che ci insegnava al mattino.

Non riusciva a smettere di piangere, finché si addormentava sfinito tra me e Brigit che ci tenevamo per mano sopra la sua schiena.

«È un lacrimoso, quello».

Brigit chiamava Henke "lacrimoso" e io sorridevo. Aveva ragione, ma stranamente non ero gelosa delle attenzioni che Linzie e Julius-Otto avevano per lui. Eravamo diventati una famiglia ancora più strana di prima, e io pensavo a quando Leni sarebbe tornata e a quale ruolo avrebbe dato a Henke, che sicuramente le avrebbe fatto comodo per un suo documentario. La gente del sobborgo, che praticamente era sempre impegnata nelle fabbriche, ci guardava con maggiore simpatia quando andavamo a passeggio o a fare la spesa e tutti salutavano Henke con gentilezza.

Un pomeriggio, quando finalmente ero riuscita a montare la maledetta tenda e mi aspettavo un applauso dalla leader, sentimmo un urlo provenire da fuori.

Brigit fu la prima a uscire e tutti la seguimmo.

Nel sole di luglio che picchiava forte, davanti alla piccola fontana, c'era Henke che si teneva la testa fra le mani. Intorno a lui i ragazzi della Gioventù Hitleriana con le bandiere appoggiate agli alberi in un momento di riposo dalla marcia.

Corsi verso Henke con il cuore in gola. Temevo di trovarlo ferito, ero sicura fosse ferito. Vicino a lui camicia-gialla-e ciuffo-da-una-parte lo guardava con ferocia.

«Henke, cosa c'è?»

Gli tolsi le mani dal volto preparandomi a chissà quale ferita. Brigit adesso era vicino a me.

Il viso era rosso, quasi violaceo, ma niente sangue. Respirai sollevata. Poi vidi comparire sulla guancia destra dei segni scuri che si gonfiavano e diventavano sempre più evidenti. Erano i segni delle dita di una mano.

«Ha preso le mazzuole e con quelle voleva schiacciare i pinoli! Capite?! Le mazzuole del tamburo non sono martelli! È idiota o cosa?»

Le parole di Hans-del-tamburo erano taglienti come lame. I ragazzi intorno cominciarono a ridere e a ghignare. Io sentii la rabbia salire e diventare più grande di me. Aveva picchiato Henke perché aveva preso le mazzuole del tamburo.

Henke di sei anni.

Il biondo Hans di almeno quattordici, dato che faceva parte dei fantastici della Gioventù Hitleriana!

Raccolsi la mazzuola da terra e sono certa che l'avrei data in testa a Hans-del-tamburo se non ci fosse stata Brigit.

Brigit mi fermò. Guardò Hans e poi gli disse: «Meriti una punizione per aver abbandonato le mazzuole. Il regolamento vieta di lasciare incustodito il materiale dato in consegna per le esercitazioni! Chi è il leader qui?».

La prima a stupirsi fui io. Brigit che alzava la voce, Brigit con il tono autoritario e beffardo. Naturalmente nessuno dei ragazzi si fece avanti, ma tutti smisero di ridere e di fischiare. Guardavano tutti Brigit.

Brigit prese la mano di Henke che la guardava senza espressione e prima di andarsene sfidò lo sguardo di Hans-del-tamburo.

«La prossima volta picchia un bambino di tre anni. Ci troverai più gusto, Hans!»

E pronunciò "Hans" come se sputasse.

Finì in questo modo l'innamoramento Hans-Brigit e in cuor mio ne fui contenta.

La nostra leader mise dell'acqua fredda sulla guancia di Henke e quel pomeriggio giocammo tutti insieme a fare il campeggio.

Quando tornammo a casa raccontammo a Linzie quello che era successo. Henke venne abbracciato, baciato e coccolato da tutti noi e fu la prima volta che con l'arrivare del buio non pianse. Brigit disse che forse aveva già pianto tanto per quel giorno.

Qualche giorno dopo venne a trovarci Greta con una borsa piena di fogli, di libri e di giornali, una macchina fotografica al collo e un paio di pantaloni che lasciavano scoperto il polpaccio. Linzie l'accolse con gioia. Io con trepidazione. Aspettavo notizie dei miei genitori. Aspettavamo notizie dal mondo lasciato. Aveva un telegramma di Leni per noi.

"Parigi un trionfo, Venezia un trionfo. Mi mancate molto. Tornerò presto. Abbiamo il nostro progetto e mille successi. Ma adesso il mondo mi reclama! Ciao Fiordaliso! Parlo sempre di te a tutti! Vostra Leni".

Greta lesse il telegramma e poi lo lasciò sul tavolo.

«Parliamo del progetto di Leni. Non è rischioso?»

Linzie chiuse gli occhi: «È l'unica cosa che possiamo fare».

«Uhm, forse. Devo ancora capire bene». Poi si rivolse a me. «I tuoi genitori stanno bene. Tua madre adesso è con tua nonna. Tuo padre ospite di amici».

Brigit si alzò in piedi.

«Anche i tuoi stanno bene, Brigit. Tua sorella si trova bene nella *Bund Deutscher Mädel* ed è sempre più bella. Come te».

Brigit corse in camera. Io rimasi con Henke a giocare con *Frau* Diana, la bambola. Sapevo che Brigit doveva piangere e non voleva mai farlo davanti agli altri. Io non avevo lacrime. Capivo perfettamente che le parole di Greta erano in parte pietose bugie. Ma mi era oscuro in quale parte. Tre bugie su cinque? Per metà? E quale metà? Mamma non sarebbe mai tornata con la nonna. Papà ospite di chi? L'unica cosa in cui credevo abbastanza era che la sorella di Brigit fosse ancora nella *BDM.*

«Otto dov'è?» chiese Greta all'improvviso.

«Sta per tornare, o almeno spero. Vieni, andiamo fuori in giardino. È una notte di stelle bellissime. Hai visto i miei genitori? Mia sorella?»

Uscirono in giardino e mi sembrarono due amiche vere. Linzie non aveva amiche nella commedia che stavamo recitando. Non poteva permetterselo.

Ero contenta che Linzie parlasse un po' con Greta. Era più grande di lei, più esperta su quello che stava accadendo e poteva consigliarla. O forse avrebbero solo parlato di vestiti e di scarpe e di cappelli. Le finestre aperte facevano arrivare le loro voci sommesse. Sentii Linzie nominare *Frau* Hindergman e cercai di ascoltare. Henke stava per addormentarsi sul tappeto, così mi misi sotto la finestra, seduta a terra.

«È il Progetto *Lebensborn*».

Linzie rispose subito: «Sì, ho letto la lettera ricevuta da Petra, c'era questo nome: *Lebensborn*, "sorgente di vita". Mi sembra una cosa così assurda».

«È il progetto di Himmler. Vuole generare un popolo selezionato. Puro, dice lui. È un progetto segreto, ma non tanto. Ha aperto già sei case tra Monaco e Berlino. Ho molti appunti al riguardo, ma non posso usarli. Non qui».

«*Frau* Hindergman è andata a Monaco a partorire».

«Certo! Nella casa requisita allo scrittore Thomas Mann. Io vengo da lì, Linzie».

«Davvero? Ma cosa fanno?»

Greta rise. Sentii un fiammifero che schioccava. Si era accesa una sigaretta.

«Aria pura, cibo migliore, comodità, medici specializzati, infermiere specializzate, e bambini. Tanti tanti bambini. Le donne del Terzo Reich questo devono fare e devono essere bambini perfetti, altrimenti...»

«Ah! Come faremo? Come faremo a salvare i bambini?»

«Linzie, stai facendo già tanto».

«Ma *Frau* Hindergman anche se giovane è vedova, mi domando...»

«Obbedisce all'invito di procreare figli perfettamente ariani. Magari con un gerarca o un tedesco di origini prussiane. Per entrare nel programma sicuramente ha dovuto superare esami severi e indagini approfondite. E pensa che poteva anche capitarle di sposarsi con un cadavere!»

«Cosa?»

«Ma sì. Tra poco sarà promulgata una legge che prevede che, per la conservazione del sangue puro e per evitare che le vedove si uniscano a ebrei, ci si possa sposare con un ariano morto».

«Follia. Follia pura».

«Infatti. Meglio per *Frau* Hindergman una gravidanza».

«E i bambini? Una volta nati, cosa accade loro?»

«Non credo che *Frau* Hindergman il suo voglia tenerlo con sé, ma ci sono pronte famiglie adatte a prenderlo, oppure se ne occuperà il Reich. Il bambino vivrà in una casa *Lebensborn* e verrà cresciuto, germanizzato fin dalla nascita e indottrinato secondo i parametri della razza superiore, pronto a morire per la patria e per il Führer».

«No!»

«È così. È tutto nella mia borsa. Foto e appunti e interviste. Bambini preparati per l'esercito fedele e puro del Führer. Ma non posso usare nulla qui. Accidenti!»

Il tono era salito un po'. Non capii bene tutto quello che aveva raccontato, tranne il fatto che Greta non era stata a Berlino ma a Monaco, come *Frau* Hindergman, che era andata a fare un bambino per Hitler.

Quindi Greta aveva mentito su tutto.

21
La notte dei cristalli

La mattina del 10 novembre 1938 io, Brigit ed Henke ci trovammo soli in casa. Linzie era partita il pomeriggio del giorno precedente con le sue allieve più piccole per un raduno dedicato alla ginnastica e Julius-Otto, che avrebbe dovuto arrivare nella notte da uno dei suoi viaggi, stava tardando.

Quel giorno io e Brigit non avremmo avuto lezione. In città era previsto l'arrivo di una delle dirigenti della *Jungmädelbund* e un certo numero di noi avrebbe dovuto accoglierla alla stazione indossando la divisa. Così accompagnammo Henke a scuola e prendemmo il bus che dal nostro quartiere ci avrebbe portato in centro. Appena partite vedemmo le prime nubi di fumo alzarsi, dense e scure, da diverse parti della città. Un commento dell'autista ci allarmò.

«Quei porci ebrei questa volta hanno avuto quello che si meritavano».

Quando scendemmo ci trovammo nell'orrore. Lungo le vie del centro decine e decine di vetrine erano in frantumi. Sui muri vicini, centinaia di scritte contenenti insulti atroci verso gli ebrei rivelavano che quelli erano negozi di loro proprietà.

Da alcuni, specialmente quelli che vendevano articoli particolarmente costosi, gruppi di persone uscivano con le braccia colme di merce. Qualcuno usava dei carretti e in un caso vedemmo addirittura un gruppetto intento a caricare un camion. Brigit a un certo punto mi prese la mano.

«Vuoi che torniamo a casa? Linzie e Julius non sarebbero contenti di sapere che siamo qui».

Scossi il capo. Volevo vedere, sapere. Uno sguardo mi confermò che lei era d'accordo con me.

Proseguimmo senza parlare, angosciate, sempre tenendoci per mano fino a quando non giungemmo davanti alla sinagoga. Stava bruciando. Nella densa colonna di fumo che si alzava dall'edificio ormai in rovina e ci faceva lacrimare gli occhi, si intravedevano fiamme che salivano verso il cielo con un rumore sordo. Un gruppo di pompieri stava irrorando con gli idranti le case vicine. Il loro capo continuava a dare ordini.

«Sì! Così va bene! L'importante è che non brucino altre case».

Per le strade e sui marciapiedi si vedevano centinaia di oggetti sparsi. Papà non era mai stato un ebreo praticante e anch'io, durante la mia vita precedente a Berlino, ero stata rare volte in sinagoga, ma non dovevo fare nessuna fatica per riconoscere fra questi oggetti i rotoli della Torah, candelabri e arredi sacri. Un uomo sudato e ubriaco urlava agitando un mazzo di pergamene.

«Porci ebrei. Mi pulisco il culo con i vostri libri».

Seminascoste in un androne, un gruppo di persone assisteva alla distruzione piangendo. Distolsero gli sguardi da noi quando passammo loro accanto, ma non abbastanza per evitare di vedere in quegli uomini e donne, oltre a un dolore impotente, un profondo disprezzo nei nostri confronti. Non compresi subito. Poi pensai alle divise che stavamo indossando.

Girato l'angolo di una strada vedemmo su una vetrina, stranamente rimasta intatta, una grande forca disegnata con vernice nera al cui cappio era impiccata una stella di Davide. Apparteneva a una delle mercerie più rifornite della città. Alcune di noi erano andate a far compere lì più di una volta. La stoffa nera del fazzoletto che avevamo al collo e anche l'anello di legno che lo teneva fermo arrivavano da quel negozio. Adesso tutta la merce era sparsa per terra.

Sotto la vetrina vedemmo la proprietaria, una donna anziana sempre gentile. Era sul selciato, il grembiule che indossava strappato in più punti, una spalla nuda e scorticata, il naso sanguinante. Attorno a lei un gruppo di ragazzi della *Hitler-Jugend*. Uno di loro aveva un cartello in mano e stava cercando di metterglielo al collo mentre lei si divincolava agitando la testa per impedirglielo. Il più anziano del gruppo, probabilmente il capo, la colpì con un pugno sulla schiena. Un rumore sordo che ci fece aumentare i battiti del cuore fin quasi a impedirci di respirare.

«Stai ferma!»

Vidi la scritta sul cartello, tracciata a caratteri rozzi.

Sono una putana giudea.

Mi colpì l'errore di grammatica. In quel momento uno del gruppo ci vide e riconobbe le nostre divise.

«Ehi, ragazze! Venite! Divertitevi anche voi».

Forse dovevamo fuggire, non esporci, ma non ne fummo capaci. Fu Brigit a parlare per prima.

«No! Lasciatela stare».

Le feci eco io: «Siete dei vigliacchi a prendervela in tanti con una donna anziana».

Con due passi il ragazzo fu di fronte a me, la mano alzata per colpirmi.

«Voi difendete una sporca ebrea?»

Istintivamente chiusi gli occhi aspettando il colpo. Un attimo dopo sentii un tonfo, ma non provai alcun dolore. Riaprii gli occhi. Lo schiaffo, abbastanza violento, lo aveva preso lui, dal capo del gruppo.

«Cretino! Non hai visto chi è? Conosce il Führer. Ha inaugurato con lui lo stabilimento della Volkswagen. Vuoi passare dei guai?»

«Ma ha difeso un'ebrea!»

Lui ci guardò, con disprezzo.

«Sono femmine. Non possono avere la nostra forza, la nostra volontà e la nostra potenza. Gliele insegneremo, ma non ora».

Sputò per terra ai nostri piedi e si allontanò con tutto il gruppo.

Brigit si avvicinò alla donna e la aiutò ad alzarsi.

«Le serve qualcosa?»

Lei abbozzò un sorriso sbilenco, si toccò il naso e si guardò la mano.

«Non sanguina più. No. Non mi serve niente. Non più ormai».

Fece una pausa fissandoci.

«Avete letto *Don Chisciotte*?»

Erano le ultime parole che mi sarei immaginata di sentire

in quel momento. La guardai meravigliata. Pensai che fosse impazzita. Poi credetti di capire ciò che voleva dire.

«Pensa che ci siamo comportate con quei ragazzi come lui con i mulini a vento? Che sia stato inutile e ci faranno del male?»

La donna scosse il capo.

«No. Ai mulini a vento non avevo proprio pensato, perché il vostro gesto è servito a farli smettere e non credo che se la prenderanno con voi. Siete persone importanti, da quanto ho capito. Mi riferivo all'episodio del garzone del contadino».

Vide la nostra faccia stupita e cominciò a spiegare.

«A un certo punto don Chisciotte incontra un contadino che sta picchiando, per qualche mancanza, un ragazzo. Lo fa smettere e ottiene da lui la promessa che non lo toccherà più. Quando però se ne va l'uomo ricomincia con le botte ancora più violentemente».

Questa volta capii davvero.

«Pensa che appena ce ne saremo andate quei ragazzi torneranno?»

«Non lo penso, ne sono sicura, ma so come fare perché non mi diano più fastidio».

Si voltò verso la vetrina ancora intatta, quella con la forca disegnata sopra, raccolse dal selciato una pietra, una di quelle probabilmente già usate contro il negozio, e la scagliò con violenza, mandando il vetro in frantumi. Tolse poi gli spunzoni rimasti attaccati al telaio, afferrò a manciate la merce ancora esposta e cominciò a buttarla per terra formando in pochi minuti un mucchio di passamanerie, nastri, fili e pezze di tessuto.

Una piccola folla si era radunata intorno a noi. La donna non dette segno di accorgersene e rientrò nel negozio. Ne uscì con un bottiglione e cominciò a versarne il contenuto sul mucchio. L'odore era inconfondibile. Alcol. Dalla tasca del grembiule prese poi una scatola di fiammiferi. Ne accese uno e lo buttò sul cumulo che divampò immediatamente, mentre un'ennesima voluta di fumo si alzava nel cielo grigio della città. Stette a contemplare il fuoco per qualche minuto, come per assicurarsi che non si spegnesse, quindi si avviò per rientrare nel negozio. Sulla porta si voltò verso di noi.

«Ricordatevi sempre, qualunque cosa facciate nella vita, di due cose. Umanità e dignità. Non le avete ancora perse e le persone come voi sono l'unica speranza di un futuro migliore per la Germania e per il mondo».

Fece una pausa prima di continuare.

«E adesso che nessuno potrà più derubarmi andiamo a finire il lavoro».

Quando fu rientrata, Brigit e io cominciammo a correre. C'erano cinque chilometri tra il nostro quartiere e il centro della città, dove ci trovavamo in quel momento. Li percorremmo senza fermarci. Fuggendo dalle colonne di fumo, dalle scritte e dalle percosse verso gli ebrei, dal loro sangue sul selciato, dagli sguardi spaventati e pieni di disprezzo per noi, dall'orrore di cui, contro la nostra volontà, rischiavamo di diventare complici.

Arrivammo sudate e ansanti, ci strappammo di dosso la divisa della *Jungmädelbund*. Volevamo bruciarla come i nazisti avevano bruciato le sinagoghe. Julius-Otto, che nel frattempo era rientrato a casa, ci fermò. Gli spiegammo tutto. Lui ci abbracciò.

«Mi spiace, mi spiace per quello che avete dovuto vedere. Se fossi stato a casa non vi avrei lasciato andare in città. Stavo per venirvi a cercare».

Alla sera tornò anche Linzie, sconvolta.

«Hanno bruciato sinagoghe e negozi di ebrei in tutta la Germania. I nazisti dicono che si sono solo vendicati dell'uccisione di uno di loro. Ma è stato un pretesto. Prima o poi sarebbe accaduto lo stesso».

Raccontammo nei dettagli anche a lei la nostra esperienza. Il suo viso si rabbuiò.

«State parlando della merceria che si trova all'angolo della Friedrichstrasse?»

Annuimmo.

«Si è uccisa. La proprietaria si è vestita con il suo abito migliore e si è impiccata nel retro».

Alla fine aveva vinto lei. Non l'avrebbero mai più picchiata e tormentata. Non avrebbe fatto la fine del garzone del contadino di don Chisciotte. Non potei trattenermi.

«Ci ha raccomandato di non perdere la nostra dignità e la nostra umanità. Ma noi dove le mettiamo quando fingiamo di essere quello che non siamo per salvarci?»

Linzie mi prese per le spalle.

«Tutti noi abbiamo il diritto di vivere la nostra vita. Julius e io in più dobbiamo aiutare voi a farlo perché siete giovani, non avete responsabilità per quanto sta succedendo, e perché i vostri genitori vi hanno affidato a noi».

La fissai: «A qualunque costo?».

Fu come se le avessi piantato un coltello nello stomaco. Rispose con voce angosciata: «Non lo so, Ester. Nessuno può saperlo. Posso solo sperare di non dovermi mai trovare a dover scegliere tra le nostre vite e quelle di altri».

Poi la sua voce ritornò energica. La stessa di quando ci guidava negli esercizi.

«Ma per il momento andiamo avanti così. È un modo per non sentirsi sconfitti e continuare a sperare».

22

Ci vogliono atmosfere leggere

«Naturalmente tutte menzogne antinaziste. La propaganda degli ebrei è forte e si sparge a macchia d'olio come un veleno. In Francia non la finivano più di parlare di questa notte dei cristalli in cui chissà quali obbrobri sarebbero accaduti. Gli ebrei sono ovunque e minano la forza del popolo. Ha ragione il Führer, dobbiamo avere maggiore spazio vitale. Un popolo come il nostro non deve dividere il proprio territorio con altri. Si sa, noi siamo dei conquistatori!»

Leni era tornata in un turbinio di parole, di regali, di progetti. Di grandi bugie. Nessuno di noi provò a smentirla. Non avrebbe ascoltato, o peggio si sarebbe stufata di noi e ci avrebbe abbandonato al nostro destino. Linzie si mordeva le labbra e Otto provava a sorridere. Io e Brigit, ormai allenatissime, giocavamo con Henke e con *Frau* Diana sul tappeto del soggiorno mentre lei continuava senza sosta i suoi monologhi.

«Ho scritto a Hitler. Lo vedrò tra poco. Gli ho scritto che gli sto preparando una sorpresa. E tu, Linzie, devi mettere carne addosso a quelle ossa! Non vorrai che la perfetta madre ariana sia sottopeso!»

Tra tutte le parole dette, quelle riferite alla carne di Linzie mi colpirono. Non ci avevo mai fatto caso. Linzie era dimagrita. Molto dimagrita. Gli abiti che prima la fasciavano, adesso le cadevano addosso. Forse avevamo poco cibo e, per non farne mancare a noi, ne faceva a meno? Non mi sembrava. Julius-Otto spesso portava a casa frutta e carne. Linzie faceva la spesa e poi cucinava di tutto, anche i dolci.

«Quindi adesso abbiamo tre bambini! Tre perfetti pargoli ariani!»

Leni aveva accolto Henke e la sua storia con grande entusiasmo. Lo guardava quasi a studiarlo.

«Dovremo dare anche a lui una divisa. Lo vestiremo come la gioventù hitleriana. Forza, dobbiamo metterci al lavoro. Ci vogliono atmosfere allegre, leggere. Hitler si è raccomandato. Il popolo deve sorridere, sognare e non deve pensare troppo. Peccato non abbiate trovato un cane. Ma non si può avere tutto».

Linzie e Julius-Otto si guardarono. Del cane "ariano" se ne erano dimenticati.

Dalla borsetta che teneva al braccio, Leni tirò fuori un foglio con timbri vistosi di aquile con le ali aperte.

«Ecco, Otto. È il permesso per il lavoro. Un mese di permesso per servire il Reich».

Sorrise porgendoglielo e Julius-Otto annuì. Per un attimo pensai volesse bruciarlo perché prese i fiammiferi. Invece se ne servì per accendere la sigaretta che Leni aveva preparato tra le dita. Teneva le sigarette in una scatoletta d'argento con impresse sopra le sue iniziali e al centro c'era un'aquila con le ali spiegate.

Pensai a quando l'avevo vista per la prima volta, all'emozione di aver stretto la mano a una donna così libera e così importante. Adesso sapevo che era davvero importante e che da lei potevo aspettarmi di tutto, soprattutto la rovina.

Non volle mangiare con noi. Si raccomandò di nuovo cento volte di farci trovare pronti l'indomani mattina. Saremmo andati in un posto bellissimo, ma non volle dirci dove. Un giro a tappe. Tutti dovevano ammirare la nuova auto del popolo.

La sera Linzie cominciò a preparare le valigie. Io presi la mia borsa con le rose nere e la accarezzai. Non piansi né mi si riempì il cuore di malinconia, pensavo solo a mettere nella borsa le cose che mi sarebbero servite e a tenere lontano da me i ricordi. Aiutai Brigit con la sua e poi insieme cercammo le mutande di Henke e i suoi maglioni. Nell'altra camera Julius-Otto cantava per Linzie. Una canzone sussurrata e a volte fischiettata. Una melodia bellissima che ci fece fermare. Seduti tutti e tre sul letto ad ascoltare.

Sentimmo la voce di Linzie.

«Ti manca il tuo violino così tanto che hai imparato a rendere il tuo corpo un violino. Quanto mi dispiace, Jul...»

«Cosa ti dispiace? Che siamo insieme? Che abbiamo tre figli? Che siamo vivi? Che possiamo baciarci quando vogliamo? Che stiamo cercando con tutte le forze di sopravvivere?»

«Mi spiace che tu non possa suonare il tuo violino».

Sentimmo Julius-Otto ridere. E poi di nuovo la sua voce. Preoccupata.

«Linzie, cos'hai? Sei diventata pallida».

«Nulla. Ogni tanto ho mal di testa. Nulla, Jul».

«Vieni qua, amore, ci penso io. Il magico massaggio di Jul-Otto e passa in quattr'e quattr'otto».

Risero e poi non ci fu più nulla da ascoltare.

«Anche la mamma faceva questi sospiri quando arrivava zio Karl».

Questo fu il commento di Henke e Brigit lo strinse a sé.

La mattina dopo eravamo già in piedi dalle sei. Era buio come a notte fonda.

Il prototipo ci fu portato alle otto da un uomo con la divisa nera delle SS, la guardia del corpo di Hitler. Una macchina di colore blu scuro, il colore preferito del Führer. In una mattina gelida di fine gennaio tutti noi fummo fatti salire sulla Volkswagen senza targa e, seguendo la Opel Kadett di Leni, ci dirigemmo verso il lago di Costanza. Leni aveva previsto tre ore di viaggio e Linzie aveva preparato un cestino con pane al burro e una torta di carote che aveva fatto lei. Leni, al vedere il cestino che Julius-Otto portava, si mise a saltellare.

«Idea fantastica!!! Voi siete fantastici. Tenete quel cestino, mi raccomando».

Henke, assonnato, camminava tenendo con una mano la gonna di Linzie quando, passando vicino all'auto, disse senza entusiasmo e a bassa voce: «Heil, zio Karl».

Io e Brigit guardammo l'uomo in uniforme, che distolse lo sguardo ma senza imbarazzo.

Brigit ridacchiò e io le detti un calcio leggero.

Nella mia testa passò l'immagine dello zio Karl con *Frau* Hindergman e dovetti mordermi la lingua per non ridere. Mi capitava sempre di incappare in qualcosa di assurdo, da scoprire e cercare di capire. Anche per Brigit era così, a volte ce lo dicevamo a modo nostro, senza andare a fondo, perché non lo sapevamo fare e avevamo paura di provarci. Ma quando capitava così senza che nessuno lo cercasse, le brutture sembravano diventare sciocchezze innocue, che facevano ridere per la loro assurdità.

Così zio Karl si mise alla guida del nuovo modello di auto del popolo e noi tutti stipati dietro, tranne Julius-Otto che si era seduto davanti, guardava dal finestrino e ogni tanto rivolgeva qualche domanda al guidatore chiedendo informazioni sul motore di quell'auto e poi sul tempo e poi sul viaggio.

Zio Karl rispondeva con mezze frasi, infastidito, così Julius-Otto ci invitò a cantare la canzone che avevamo inventato tempo prima facendo finta di suonare la fisarmonica. A Henke piaceva tantissimo far finta di suonare la fisarmonica e Linzie gli aveva promesso che presto ne avrebbe avuta una.

Neve bianca neve, sole giallo sole, rossa la ciliegia, azzurro è bello il cielo e sul tuo naso un punto nero... un punto nero (sbam) che vola via. Mosca vola via.

Quando si arrivava al "punto nero" tutti dovevamo guardare il naso di Henke e poi far finta di cacciare via la mosca. Poi si ricominciava.

Dopo la terza o quarta volta, zio Karl ci intimò di smettere, gridando. Julius-Otto smise di cantare e poi con una velocità incredibile fece finta di togliere la mosca sul naso di zio Karl urlando: "Mosca vola via!".

L'uomo frenò di scatto e mise la mano alla cintura. Linzie fu velocissima a passare per lo spazio tra i due sedili con una mano sulla bocca, vomitando saliva sui pantaloni di Julius-Otto.

Julius-Otto sembrava bastonato. Si era reso conto di aver

esagerato, si era reso conto di averci messo in pericolo. Fece uscire Linzie e la sorreggeva e la accarezzava ignorando del tutto zio Karl e la sua pistola sulla cintura.

Poco dopo la Opel Kadett di Leni si fermò vicino alla Volkswagen. Lei non chiese nulla, macchina da presa in mano ed entusiasmo nella voce.

«Posto perfetto per un picnic! Avete scelto un luogo magnifico, Grande e Perfetta Famiglia Ariana».

La strada costeggiava un bosco. Faceva un freddo terribile, tanto che dalla bocca uscivano nuvolette insieme ai respiri. Neve dappertutto. Leni non volle saperne di tenere i cappotti. Ci fece stendere una coperta al limitare del bosco e mettere il famoso cestino al centro. Noi senza cappotti intorno, con i sorrisi generosi e le mani nelle mani, tranne Linzie che mostrava i panini al burro.

«Siate più naturali, santo cielo... bravi, così. Ora mangiate».

Su quello nessuno ebbe esitazioni, tranne Linzie, che si appoggiò al tronco di un albero e quasi si addormentò.

Leni ci disse di raccogliere tutto e di continuare il viaggio. Il lago di Costanza, che la Perfetta Famiglia Ariana in vacanza doveva raggiungere, distava ancora un'ora di strada. Poi da lì saremmo andati in Italia. Questa era la sorpresa per noi. Sì, Leni disse che era questo il regalo che voleva farci. L'Italia aspettava la Perfetta Famiglia Ariana e la sua Volkswagen.

23
Andiamo a Venezia

«Andiamo a Venezia».

La notizia ci colse di sorpresa nella hall dell'albergo sul lago di Costanza dove Leni ci aveva comunicato la notizia.

Hitler aveva avuto un'idea per ottenere il denaro necessario a produrre la Volkswagen. Chi l'avesse voluta acquistare avrebbe potuto comprare delle cartelle di risparmio su cui incollare ogni settimana dei bollini da cinque marchi, fino a raggiungere il costo dell'auto. Leni aveva pensato a un grande spot da proiettare nei cinema tedeschi per pubblicizzare l'iniziativa.

Noi ne saremmo stati i protagonisti. Una Perfetta Famiglia Ariana nel suo viaggio verso il sole e il mare, attraverso Germania, Austria e Italia.

Julius-Otto però cominciava a essere inquieto per Linzie.

«Leni, lo vedi che non sta bene, anche se non vuole andare da un medico. Perché dobbiamo fare questo viaggio proprio adesso, in pieno inverno? Fa freddo, non le farà bene. In primavera o estate sarebbe meglio».

Leni sospirò.

«Avrei preferito anch'io la bella stagione, ma intendo portare il film a Hitler per il 20 aprile, quando compirà cinquant'anni».

Per quanto non mi dispiacesse andare in Italia e a Venezia, non pensavo sarebbe stata una vacanza. Conoscevo ormai Leni e il suo modo di lavorare, e i fatti mi diedero ragione in fretta. Ogni pochi chilometri ci faceva fermare e girava metri e metri di pellicola con noi che salivamo e scendevamo dall'auto tra le montagne, in panorami meravigliosi, davanti a negozi caratteristici, per le vie delle città che attraversavamo, negli alberghi. Un giorno le chiesi se aveva veramente bisogno di tutte quelle riprese.

«Fiordaliso, Hitler tiene molto a questa cosa e a me occorre aver girato mille scene per ottenerne una perfetta, quella che nessun regista sarebbe capace di realizzare».

Ci martellava in continuazione.

«Sorridete! Non state andando a un funerale. State facendo un viaggio bellissimo. I tedeschi devono vedere che siete felici».

Già, felici. Difficile fingere di esserlo con zio Karl, come ormai avevamo cominciato a chiamare il nostro agente personale delle SS, sempre più ingrugnito e sospettoso, con Henke intento a piagnucolare per metà del tempo, con Brigit stanca e irritata come e più di me, con Julius-Otto preoccupato per Linzie, costantemente silenziosa e pallida. Una sera a cena, mentre piluccava stancamente nel piatto briciole di cibo, cercò di sorridere agli sguardi ansiosi di Julius-Otto.

«Non preoccuparti. Sto bene. Non sono abituata ad andare in auto e questa Volkswagen non è molto confortevole. Soffro semplicemente per un po' di mal d'auto».

Non riuscì a convincere nessuno, ma continuò a rimandare una visita medica alla fine del nostro viaggio.

Proseguendo arrivammo a Innsbruck, attraversammo le Dolomiti, raggiungemmo il lago di Garda, poi Verona e infine, dopo tre settimane, Venezia, dove girammo alcune scene in piazza San Marco. Una sera a cena rimanemmo soli. Ce lo aveva preannunciato Leni nel pomeriggio.

«Avrete un paio di giorni liberi. Vorrei fare ancora alcune riprese e devo effettuare dei sopralluoghi per vedere se è possibile portare l'auto in qualche angolo caratteristico».

L'avevo guardata meravigliata.

«Ma a Venezia le auto non possono arrivare».

Scrollò le spalle.

«Fiordaliso, non essere ingenua. È la finzione che è importante. Ciò che si racconta non deve necessariamente essere vero. Deve solo colpire l'immaginazione».

Dopo cena uscimmo solo noi, tutti insieme. Julius-Otto, Linzie, Henke, Brigit e io. Zio Hans non c'era, aveva dovuto accompagnare Leni nella sua ricerca. Era una serata di fine febbraio quasi tiepida, con l'inverno che ormai stava cedendo alla primavera. Passeggiammo per ore in una Venezia semideserta e incantata. Per la prima volta da tanto tempo mi sentivo felice. Anche Linzie appariva più vivace, e le sue guance sembravano aver ripreso un po' di colore. Mentre attraversavamo il ponte di Rialto espressi le mie emozioni ad alta voce.

«È un sogno. Non vorrei svegliarmi più».

Mentre Brigit annuiva, Julius-Otto si fermò sotto un lampione.

«È vero. E dobbiamo fare in modo che non si trasformi in un incubo».

Compresi ciò che voleva dire la mattina dopo. Linzie ci venne a svegliare che era ancora buio, sussurrandoci di non fare rumore per non svegliare Henke. Ci fece vestire e poi andare in camera sua dove trovammo Julius-Otto. Lui ci rivolse poche parole.

«Ce ne andiamo».

Brigit e io lo guardammo, gli occhi sgranati.

«Cosa?»

«Scappiamo. Così non possiamo continuare. Questa farsa sta per finire e dopo dovremo tornare in Germania dove la nostra commedia non potrà continuare all'infinito. Finora ci è andata bene, ma prima o poi saremo scoperti. Siamo in Italia. Un'occasione così non ci capiterà mai più. Ne approfitteremo».

«Dove andremo?»

«Per il momento a Genova. Là cercheremo una nave per gli Stati Uniti. Qualche soldo per pagare ce lo abbiamo. I nostri documenti sono in regola. In America ho degli amici. Ci aiuteranno».

«Ma cosa faremo là?»

Gli brillarono gli occhi.

«Il nostro lavoro. Io ricomincerò a suonare. Linzie a fare l'insegnante di ginnastica ritmica e voi le bambine che crescono serene, tranquille e senza paure».

Brigit si avviò verso la porta.

«Vado a fare le valigie».

«No! Niente bagagli. Non dobbiamo dare nell'occhio e dobbiamo muoverci velocemente».

«Henke...?»

La domanda restò come sospesa in aria. Julius-Otto fece un cenno deciso con la mano.

«Dobbiamo lasciarlo qui. Non abbiamo scelta. Lui in Germania ha una famiglia. Se lo portassimo con noi potremmo essere accusati di rapimento. Sbrighiamoci, c'è un treno che va nella direzione giusta alle sette. Tra un'ora».

Fummo in strada in pochi minuti. Mezz'ora dopo stavamo vagando persi per calli e campielli dopo aver sbagliato vaporetto. Arrivammo alla stazione che il treno era partito da parecchio. Ce n'era un altro per la stessa direzione due ore dopo.

Mentre ci avviavamo verso il bar per mangiare qualcosa, con la coda dell'occhio afferrai di sfuggita qualcosa di familiare. Mi fermai. Su un carrello addetto al trasporto bagagli stava una valigia uguale alla mia. Guardai meglio. No. Non uguale. Proprio la mia. Inconfondibile la macchia di gelato su una delle rose nere. Urlai, il cuore in gola.

«La mia valigia!»

Mi fecero eco le voci sorprese degli altri. Anche i loro bagagli erano lì.

Un attimo dopo da dietro il carrello sbucò Leni. Teneva Henke per mano, che quando ci vide si nascose dietro la sua gonna, l'espressione impaurita. Restammo impietriti. Lei si esibì in uno di quei sorrisi silenziosi che io e Brigit definivamo da volpe a caccia.

«Quando non vi ho trovato in albergo ho chiamato qui in stazione e mi hanno detto che nessuno aveva visto salire quattro persone come voi su un treno. Allora ho pensato che fosse ancora possibile raggiungervi e portarvi le valigie.

Confesso però che le vostre cose le ho messe dentro un po' alla rinfusa».

Julius-Otto fu il primo a riprendersi, confermando con le sue parole quello che avevo intuito da tempo.

«Tu sapevi chi siamo!»

«Su, non dirmi che non lo avevi già capito! Non farmi troppo scema. Non sei molto bravo a fingere. E anche Fiordaliso aveva dei dubbi. Glielo si leggeva in faccia. Certo che sapevo. Da parecchio. È difficile per uno dei migliori violinisti tedeschi sparire completamente, anche se si taglia la barba e si schiarisce i capelli. Quanto alle bambine, avevo dei sospetti e dopo che Brigit mi era sembrata spaventata all'idea di andare ad Hannover mi è bastato fare qualche domanda in giro per capire».

Linzie la fissò.

«Cosa vuoi ancora da noi?»

«Consigliarvi di partire il prima possibile, prima che si faccia vivo Karl. Lui non sarebbe d'accordo con la mia decisione ed è meglio evitare complicazioni. Per questo vi ho portato i bagagli. Gli dirò che vi ho fatto tornare in treno. A casa poi gli parlerò io con calma».

Eravamo sbalorditi. Fu ancora Linzie a dare voce a tutti noi: «Ma perché? Perché fai questo?».

«Cosa ci guadagnerei a denunciarvi? Pensate. Si scoprirà che la Perfetta Famiglia Ariana proprio perfetta non era. Il mio film e la campagna pubblicitaria per la Volkswagen finiranno in fumo. Nessuno prenoterà più l'auto. Sarò coperta di ridicolo per non essermi accorta di niente. Hitler si arrabbierà e finirà male per ognuno di noi. Invece così voi sarete in salvo, il film farà vendere le auto, io potrò continuare a fare cinema fino a cent'anni e vivremo tutti felici e contenti».

Non capivo.

«Ma come farai a proiettare il film se ci siamo noi? Sarà un falso!»

«E con questo? Gli spettatori vedranno solo una perfetta famiglia ariana viaggiare, fare dei picnic, entrare e uscire da un sacco di alberghi, passeggiare tra gli ulivi sulle sponde del lago di Garda, restare incantata davanti al balcone di Romeo e Giulietta a Verona e ammirare Venezia. Vedranno un sogno che potrà essere realizzato con la nuova auto. Non ci sarà bisogno di altro. Il cinema è finzione. Voi siete stati solo degli attori che io ho guidato e l'attore sullo schermo diventa il personaggio che interpreta, chiunque sia nella vita di tutti i giorni».

«Una volta al sicuro però potremmo raccontare tutto».

«Potreste, ma non è detto che vi credano. E comunque in Germania nessuno lo saprà mai: i giornali, la radio e il cinema ormai dicono solo quello che vuole Hitler».

Fece fare un passo avanti a Henke che continuava a tenerle la mano, lo sguardo perplesso che passava da lei a noi e poi di nuovo a lei.

«Lui naturalmente viene con me. In Germania ha ancora una madre. Gli ho già detto che dobbiamo lasciarvi qui perché siete ebrei. Credo abbia capito».

Henke alle sue parole si riscosse, abbandonò l'espressione confusa e sorrise.

«Torno da mamma!» esclamò.

Corse poi da Julius e gli abbracciò le gambe.

«Zia Leni mi ha detto che tu sei ebreo. Non ci credo. Però non importa. Ti voglio bene lo stesso».

Julius non più Otto si chinò e lo prese in braccio.

Un paio di ore dopo eravamo sul treno, la sera stessa a Genova. Tre mesi dopo a New York.

24
Margherite per Linzie

Sulla nave transatlantico *Il Conte di Savoia* si celebrò il matrimonio. Fu una cosa da mille e una notte. Fu una festa bellissima e per la prima volta io ballai al suono di un'orchestra vera con il mio Hernest.

Il matrimonio ebraico si svolse nelle acque dell'Oceano Atlantico. In uno spazio di tutti e di nessuno. Uno spazio miracoloso dove potevi essere ebreo, nero, alto, basso, grasso, Down e moro tutto in uno e nessuno poteva dirti niente, nessuno aveva il permesso di imprigionarti o di disprezzarti pubblicamente.

Julius aveva organizzato tutto, mentre Linzie riposava e mangiava e cercava di prendere un po' di peso.

Leni aveva dato molti *reichsmarck* a Linzie e a Julius per il lavoro che avevamo svolto come la Perfetta Famiglia Ariana. Linzie allora aveva preso tre buste e aveva diviso il denaro in parti uguali. Nella prima busta c'era il mio nome, nella seconda quello di Brigit e nella terza le iniziali L e J. Ci aveva fatto vedere le buste e ci aveva detto che qualsiasi cosa fosse accaduta, quel denaro era nostro e non dovevamo darlo a nessuno.

Io e Brigit cominciammo a saltellare per la nave. Ci sentivamo ricche, ricche e libere. Fu la prima volta in quegli anni che per un attimo svanirono le immagini tragiche che avevamo vissuto e quelle della mia famiglia che ormai non esisteva più. Ma bastò che vedessi nel corridoio un signore che teneva per mano una bambina alla quale parlava in modo gentile perché il pensiero di mio padre riapparisse, e io mi sentii in colpa per averlo dimenticato anche solo per qualche ora.

Giurai che un giorno sarei tornata a Berlino a cercarlo e lo avrei portato con me e avrei anche cercato la mamma e poi le avrei chiesto se voleva tornare a essere una mamma vera.

Il capitano della nave aveva la divisa nera e una barba nera. Ogni volta che Brigit lo vedeva si spaventava. Io ridevo e la prendevo in giro. Il capitano in realtà era gentilissimo. Diede ordine di addobbare il ponte e di avvertire l'orchestra nel Salone Colonna.

Né io né Brigit avevamo mai visto una stanza del genere. Il soffitto era affrescato con disegni di fiori e di piante divisi da stucchi in oro, sulle pareti erano dipinti paesaggi e tutto brillava di una luce strana. Le poltrone disposte lungo il perimetro della sala erano comodissime. Io e Brigit le provavamo e facevamo finta di essere due signore che prendevano il tè appoggiando le tazze di porcellana sugli stupendi tavolini intarsiati. Spesso nel gioco ci prendeva la nostalgia di Henke e per consolarci facevamo finta di servirgli il tè con i pasticcini.

«Non voglio sposarmi lì».

Linzie ce lo disse sottovoce sul ponte coperto il giorno prima del gran giorno.

«Ma non voglio che Julius lo sappia. Sembra che per lui sia importante».

Io e Brigit la guardammo con aria stranita. Cosa desiderava di più? Ci sarebbe stato un banchetto offerto dalla nave, ci sarebbe stata un'orchestra, ci sarebbero stati fiori e il vestito di Linzie era pronto: una sarta glielo aveva confezionato. Io avevo visto le prove. Era un abito bellissimo, rosa e verde che lasciava le spalle un po' scoperte. Era l'unica cosa che non mi era piaciuta. Le spalle di Linzie erano magrissime e le ossa sporgevano quasi. La sarta le aveva preparato uno scialle dello stesso tessuto del vestito, ma Linzie aveva detto che avrebbe avuto tanto caldo dall'emozione.

«Cosa non ti piace?» le chiese Brigit.

«Non lo so bene. È troppo sfarzoso, troppo perfetto, troppo da recita e io ho recitato abbastanza, come d'altronde voi bambine. Io vorrei sposarmi davanti al mare, davanti ai gabbiani e alle nuvole basse. Vorrei guardare Julius mentre le onde si perdono nel mare. Vorrei dirgli il mio amore lasciando parlare il vento e ascoltare il suo amore in uno spazio infinito».

Sospirammo insieme. Tutte e tre. Guardavamo il mare dalle vetrate, sedute sulle sdraio con le coperte sulle gambe. Come tanti altri passeggeri. Linzie voleva essere come tanti, come quei tanti che hanno un unico amore.

Non fu facile dirlo a Julius. Ma dovevamo. Nonostante il giuramento che Linzie ci fece fare.

La sera trovai il modo. Dopo due prove con Brigit, recitai a memoria davanti a Julius che stava cercando di aggiustare una sedia zoppicante.

«Vorrei sposarmi davanti al mare, davanti ai gabbiani e alle nuvole basse. Vorrei guardare Julius mentre le onde si perdono nel mare. Vorrei dirgli il mio amore lasciando parlare il vento e ascoltare il suo amore in uno spazio infinito».

Lui mi guardò e il sorriso che aveva sempre si spense per un attimo. Poi tornò, ma diverso. Adesso era preoccupato.

«Se dici a Linzie che te lo abbiamo detto, noi non ti parleremo più. Perché se lei sa che noi ti abbiamo parlato, non ci vorrà più. E saremo tutti soli. Quattro persone sole al mondo».

Brigit aveva parlato con grande preoccupazione. Poi corremmo via, lasciandolo con la sedia ancora zoppicante.

Julius aveva trovato un rabbino. Era tra i passeggeri. E aveva trovato anche molti ebrei. Perlopiù ebrei in fuga, in fuga come noi.

Nel rito ebraico del matrimonio lo sposo si reca nella stanza della sposa prima che questa indossi il velo. Pare che sia un'usanza che ricorda Giacobbe che sbagliò a sposarsi e si ritrovò nel letto una donna che non era quella che lui si era scelto. Brigit me lo ripeteva scandendo le parole. Aveva conosciuto un ragazzo ebreo che glielo aveva spiegato. Hernest. Che aveva aggiunto che Giacobbe la moglie se l'era dovuta tenere per un po'. Io la guardavo a bocca aperta.

Hernest-ebreo.

"Quando lo hai conosciuto? Perché io non c'ero? Cos'altro ti ha detto? Le parole precise quali sono state?" le domandavo gelosa e invidiosa che lei sapesse cose importanti che io non sapevo e che lei conoscesse persone che io non conoscevo. Lei con quel carattere tedesco. Quando glielo dicevo lei mi rincorreva per picchiarmi e a volte riusciva nell'intento. Poi si pentiva e si rannicchiava tutta su di me come per entrarmi dentro. Non riuscivo a portarle rancore, non volevo.

A un'ora dalla cerimonia eravamo insieme con Linzie a guardare il suo tremore. La fioraia della nave ci aveva preparato due bouquet. Io avevo un mazzo di margherite e Brigit teneva in mano delle rose. Anche noi avevamo due nuovi vestiti rosa. Linzie ci assicurava che l'emozione a volte ti toglie la ragione e che non dovevamo preoccuparci. Le tremavano le mani e anche le gambe. Ci indicò la valigia dove c'erano i nostri documenti e poi il materasso sotto il quale c'erano i soldi, le buste con i soldi, come se fossero importanti, adesso, quei particolari, come se fosse l'ultima cosa che dovesse fare.

Quando Julius entrò potemmo assistere a qualcosa di meraviglioso e surreale.

Lui rimase a bocca aperta. Lei smise di tremare per ricominciare a tremare più forte. Lui disse "anima mia". Lei disse "amore per sempre". Rimasero così. Lui sulla porta, lei davanti allo specchio e non si guardarono che così. Poi lui se ne andò. Linzie si mise il velo e uscì preceduta da noi due che non sapevamo quale direzione prendere finché non vedemmo i petali. C'erano petali di fiori sparsi nel corridoio che a un certo punto deviavano verso destra. Attraversammo il ponte coperto e poi raggiungemmo il secondo piano. I petali colorati continuavano nel Salone Colonna e poi scendevano sugli scalini verso il ponte con la piscina e poi risalivano le scale dal lato opposto. Linzie rideva e quasi saltellava ripetendo ogni tanto “quel matto, quel folle”. Sì, la felicità pura. Quella gioia che sorprende anche chi la prova perché così vera e così reale da sembrare un sogno.

Sul ponte di prua arrivò la musica. Riconobbi subito il violino e ascoltai una musica così soave che mai prima e mai dopo il mio cuore e il mio udito furono più presi da un tale incanto. Le note vibravano e Julius, in completo scuro e giacca con bottoni d'argento, muoveva l'archetto e, mentre faceva nascere quella musica, diventava mare e poi pesci guizzanti e poi nuvole basse e ancora falce di luna nel sole. Diventava quello che Linzie voleva. La melodia si chiamava *Linzie* disse il capitano quando Julius poggiò il violino.

Linzie si avvicinò a lui sorpassandoci. Sotto il *chuppàh*, il baldacchino di stoffa che simboleggia la casa, il tetto sotto il quale i due sposi vivranno le loro vite, il rabbino lesse alcuni passi della Torah e poi Julius prese la mano di Linzie e nell'indice vi infilò un anello e le consegnò un foglio di carta dove c'era scritto che loro erano sposati. Poi pronunciò la frase: «Osserva, tu mi sei consacrata, per mezzo di questo anello, secondo la legge di Mosè e di Israele».

In quel momento caddero dal cielo petali di fiori. L'effetto fu assolutamente questo. Il cielo spargeva fiori. La realtà era che alcuni membri dell'equipaggio erano saliti sui pennoni con dei cesti di petali e a un segnale del comandante avevano cominciato a gettarli nel vento. La gente presente alla cerimonia gridava di stupore. Linzie respirava affannata, emozionata, felice.

«E ora viene il bello».

La voce giungeva da dietro di me, quasi soffiata sopra la

mia spalla. Volevo voltarmi, ma Julius alzò la gamba e poi, dopo un momento di incertezza, con il piede ruppe il bicchiere posto tra lui e Linzie.

«È il rito del bicchiere. Si ricorda la distruzione del Tempio. C'è anche chi dice che è il simbolo della verginità che verrà consumata».

La stessa voce, il tono più irriverente. Trasalii e mi voltai, ma non vidi altro che le signore che applaudivano entusiaste e gli uomini che ridacchiavano.

Julius prese di nuovo il violino e allora non ci fu alcuno che stette fermo. *Hava Nagila* è una canzone che invita alla danza. Io guardavo gli altri ebrei che ballavano e che cantavano e imitavo i passi. Mi chiesi in quel momento se anche il matrimonio dei miei genitori fosse stato così ricco e pieno di significati.

«*Hava Nagila* vuol dire "rallegriamoci", "facciamo festa"».

La voce adesso aveva un corpo. Il ragazzo indossava una giacca elegante e aveva gli occhi ammiccanti. Lo guardai e volevo fare la sostenuta, ma lui mi sorrise, mi prese la mano e rimasi così confusa che cominciai a danzare come se quei passi fossero stati in me da sempre.

«Sono Hernest, sono ebreo, anzi mezzo ebreo».

Mi venne da ridere. L'Hernest ebreo che Brigit aveva conosciuto.

«Anch'io sono mezza ebrea. Mezzo più mezzo fanno un intero».

«Eh, già. Insieme formiamo un unico ebreo».

«Però io sono anche mezza tedesca».

«Anch'io. Insieme formiamo un ariano intero».

«Linzie e Julius cosa formano allora?» gli urlai di rimando.

Lui mi guardò un attimo e poi saltando urlò: «Il vero amore».

Risi e ballai fino a che la musica non tacque. Hernest ballò con me fino a che la musica non si zittì e arrivarono le stelle a far festa.

«Visto che insieme formiamo un intero, non ci lasceremo mai più».

Hernest me lo disse mangiando una mela. Io rimasi seria. È stato così per cinquant'anni. Poi ha dimenticato il giuramento.

25
Perdona spesso, ma più spesso ama

Linzie morì sei mesi dopo. Quando arrivammo a New York, Julius, vedendo che continuava a star male, la convinse finalmente ad andare da un medico. Il responso fu terribile. Leucemia acuta. Fu consultato un altro dottore, poi un altro, e un altro ancora. Ognuno confermò la diagnosi. Nessuno diede speranze. Variavano soltanto le supposizioni su quanto le sarebbe restato da vivere. Nessuno ipotizzava più di qualche mese.

Dissero che la malattia era ormai a uno stadio troppo avanzato per essere curata, la rimproverarono di non essersi decisa a consultare un medico prima. Soprattutto le chiesero perché avesse taciuto per tutto quel tempo le sue condizioni. Ogni volta lei si chiuse in un silenzio testardo per i medici, ma assordante per noi che conoscevamo la risposta. Io e Brigit non trovammo mai il coraggio di affrontare la questione e non sentimmo mai Julius discuterne con lei.

Una notte, però, pochi giorni prima che morisse, stavo andando in bagno nella casa dove abitavamo a New York quando vidi una striscia di luce filtrare da sotto la porta della loro camera e la sentii parlare. Mi fermai colpita e stupita. Ormai si esprimeva soltanto sussurrando in modo fievole e sovente impercettibile, ma in quella occasione sentii per l'ultima volta la sua vera voce, quella energica e sicura della Linzie che conoscevo da anni, la maestra di ginnastica ritmica.

«A Stoccarda ero andata da due medici. Li pregai di dirmi la verità quando vidi le loro espressioni e sentii i loro giri di parole per nascondermela. Il più ottimista mi garantì qualche anno in più di vita se avessi accettato di andare immediatamente in ospedale, ma non volle sbilanciarsi su quanto e come sarei vissuta».

Sentii una specie di rantolo. Come stesse prendendo fiato per proseguire con voce sempre forte e chiara.

«Che cosa avrei dovuto fare? Farmi ricoverare e lasciare te, Ester, Brigit e abbandonare il sogno di una salvezza insieme? Per morire sola poco dopo? O stare con voi e continuare a sperare? Tu cosa avresti fatto al posto mio?»

Julius tacque. Il suo silenzio era già una risposta, e io la conoscevo.

Stavo per allontanarmi quando sentii nuovamente Linzie.

«Credi che sia stato difficile scegliere? Credi che per me non ne sia valsa la pena? Credi che non sia felice perché vi vedo tutti in salvo? Credi che mi avrebbe aiutato prolungare un poco la mia vita con te in un lager, da dove probabilmente non saresti più uscito vivo? O sapere che anche le bambine probabilmente avrebbero fatto una fine simile?»

Ancora una pausa e poi sentii per l'ultima volta la sua voce.

«Se anche mi avessi supplicato di curarmi non ti avrei ascoltato. Non per morire infelice, piena di dolore e rimpianti».

Mi allontanai senza far rumore perché non si accorgessero di me.

Penso sia inutile parlare dello strazio di Julius, di Brigit e mio, dell'immenso dolore che ci sommerse in quei giorni.

Negli anni successivi Julius si prese cura di noi. La sua attività di musicista e di compositore se non lo rese ricco ci permise comunque di vivere bene. Non si sposò mai più.

Brigit e io vivemmo un'adolescenza serena, crescemmo, lavorammo, ci sposammo. Brigit con un sarto. Quando lo disse quasi ci venne da ridere. Poi per fortuna riuscimmo a resistere perché Brigit non ce lo avrebbe perdonato. Ha avuto una figlia, l'ha chiamata Linzie. Il bello è che il marito di Brigit, il sarto, era un giamaicano e la magnifica Linzie è una stupenda donna color del caramello.

Linzie la maestra, tedesca e ariana, in una Germania che sembrava aver dimenticato ogni umanità, con noi salvò anche i nostri figli e i nostri nipoti.

Andai ancora una volta in Germania, tanti anni fa, con Brigit. Solo noi due. Tutte le case che avevamo abitato erano state distrutte. Non tornammo mai più.

Non trovammo nemmeno i nostri genitori. Mio padre era morto mentre lo trasportavano ad Auschwitz In una certa misura fu fortunato. Evitò l'orrore delle camere a gas. Mia madre si era risposata con un altro uomo, tedesco e ariano questa volta, e fu dichiarata morta durante un bombardamento. Il marito sopravvisse. Non lo cercai. Non avrebbe avuto senso.

Brigit fu più fortunata. Anche i suoi genitori erano stati vittime della guerra, ma riuscì a ritrovare la sorella. Si vedono poco, ma sono in buoni rapporti.

Quando Julius morì io ed Hernest ci trasferimmo a Parigi, vicino a uno dei nostri figli. Due maschi. Nessuna Linzie.

Ester sorrise e tacque. Franz la guardò e i suoi occhi sembravano venire da lontano. Da Berlino, da Stoccarda, da Venezia, da New York.

«Zia Linzie!»

«Sì, la mia mamma non vera, ma vera».

Una sirena si avvicinò squarciando il silenzio notturno, poi si affievolì.

Franz si riscosse e guardò la pendola appoggiata alla parete, il cui ticchettio aveva accompagnato tutte le parole di Ester. Si alzò in piedi imbarazzato.

«Sono le cinque del mattino. Mi scusi. L'ho fatta stare alzata tutta la notte».

«Non importa, ma adesso sono stanca. Ho parlato anche troppo, però sono felice di averlo fatto».

«Vorrei dirle che...»

«Vorresti farmi felice?»

«Ma certo...»

«Perdona spesso, ma più spesso ama. Adesso basta davvero, Franz. Buon viaggio».

Ester si alzò in piedi indicando la busta rimasta sul tavolino.

«Questa la aprirò quando sarò sola».

La porta si chiuse piano dietro al ragazzo e il vento fece sbattere la persiana.

Ester si avvicinò alla finestra e nel biancore dell'alba intravide Franz che si avviava per la strada. Andava chissà dove.

Ester sorrise all'uomo nella cornice sul mobile vicino al candelabro a sette braccia, che ammiccava verso il fotografo in una smorfia buffa. Hernest che non riusciva a fare il serio, mai, neppure durante il matrimonio. Sotto la *chuppàh*, dopo aver rotto il bicchiere, si era avvicinato al suo orecchio e aveva sussurrato: «È il tempio di Gerusalemme che ricordiamo, perché la verginità ormai...».

Era arrossita fino alle orecchie, ma poi come al solito aveva cominciato a ridere.

Era sopravvissuta anche a lui e di questo si dispiaceva tantissimo. Ma ormai non mancava molto. Non mancava molto perché potesse sentire di nuovo la sua risata e le sue battute sfrontate.

La bambina che portò i fiori a Hitler accarezzò la busta prima di aprirla e ne tirò fuori il contenuto.

Erano loro. Loro due. Linzie con i capelli legati e gli abiti da ginnastica, Ester uno scricciolo mentre eseguiva un pivot. Il fotografo aveva scattato prima che si mettessero in posa. La foto della maestra di ginnastica con la sua allieva prima che tutto accadesse. Dentro quella foto c'era il sogno delle Olimpiadi, il sogno di fare dello sport una parte importante della vita, la fiducia e la gioia di una maestra verso la sua alunna. Una foto prima di iniziare la grande recita. Prima di una beffa che non avevano né voluto né ideato, ma che le aveva salvate e unite per sempre.

Indice

Quando conosce Fortuna, Rigo è un tredicenne tuttofare nelle retrovie della Prima Guerra Mondiale. Nel loro bisogno di vita, i due ragazzi si uniscono in un'amicizia profonda, che farà loro scoprire un sentimento nuovo: l'amore.

Un romanzo di formazione intenso e coinvolgente, vincitore del Premio Il Gigante delle Langhe 2016.

Loredana Frescura - Marco Tomatis

Sarò io la tua Fortuna

pp. 224 - € 10